JN242233

入居条件：隣に住んでる友人と必ず仲良くしてください

寝舟はやせ

Nefune Hayase

KADOKAWA

今すぐ人生がどうにか
なってもいい人募集中！

月給十五万～
※住み込み必須

何でも屋

お困りごとがあったら
相談してください

目次

『友達の妹』

「これは友達から聞いた話なんだけどね」

隣人は怪談を話す時、必ずその文言から始める。

俺はこいつに『友達』がいないことは知っているが、一切突っ込むことはない。ただただ、ベランダでぼーっと風景でも眺めながら、仕切り板越しにそれを聞くことにしている。

怪談における『友達から聞いた話』なんて、『昔々あるところに』と同じくらい意味のない、ただの導入でしかない。

「友達には、妹さんがいるんだけど――――」


友達の妹さんが小学二年生の頃の話、だそうだ。

ある時期から、妹のクラスの机に靴が置かれるようになった。

びしょ濡(ぬ)れのスニーカーだ。置かれる机はまちまちで、規則性は特にないという。

最初は25センチ。

次に23・5センチ。

一月おいて、27センチ。

その一週間後に、17センチ。

いずれも片側だけだった。

左足か、右足か。どちらか片方、転がってるそうだ。

悪戯かと思われたが、見廻りをしても犯人が見つからない。帰りに見ても何もないのに、朝来ると置いてある。

回を重ねるごとに異様さが増し、ふと目を逸らした瞬間に現れていることすらあったそうだ。

これはどうもおかしい。ヒトの仕業ではなさそうだ。

困り果てた学校は、教頭の伝手で『そういうもの』を視てくれる人を呼んだ。

霊媒師——のような人曰く、此処は漂着地となってしまったそうだ。

片足だけが、流れ着いてしまう。そういう場所になっていると。

水死の際、腐敗した遺体が関節で千切れて、足首だけが靴の浮力で浮いてしまうことがあるらしい。

　そうした足首が水流の関係で流されて、一箇所に集まる——という事例がカナダの浜辺であった。

　この場合も同じようなもので、千切れた足首という霊現象そのものが、現実と同じように何らかの流れで此処に辿り着いているそうだ。

　何かが原因で、この教室は霊的なものが流れ着く場所になってしまっている。

　あれらは死者の靴である。何処から流れ着いた、千切れた霊の足だと。


　霊媒師は言いづらそうに、残された靴の供養について説明した。

　あなた方には靴しか見えないだろうが、あれには中身が入っている。方法を伝えていくから、手順通りに片付けなさい、と。放っておいても、下手に処分しても害があるそうだ。

　校長は根本的に解決してくれ、と頼んだようだが、霊媒師は渋い顔で首を振った。

　大きな流れのせいであるから、建物を幾ら祓ったところでどうにもならないらしい。

　教室は場所を入れ替えられて、物置に変わった。

　見えない者からすれば、濡れた靴が転がるだけだ。不気味なことには違いないが、定期的に片付ければいい。

事態はそれで一旦収束した。怪談話は半年もすれば落ち着いたし、教室に遊びに行く者も減った。

児童の興味はとっくに失せて、みんな、そんな話があったことすら忘れていった。


そんなある日。友達の妹さんが、登校後に姿を消した。

散々探したが、結局見つからなかったそうだ。

半年後。物置と化した教室の、壊れた机の上に、赤いスニーカーが片方、転がっていたらしい。

友達の妹のものだったそうだ。靴は、やっぱり濡れていた。

校舎は数年前に移転して、その教室はもはや存在しないそうだ。


そこまで語り終えると、友人は楽しそうに尋ねてきた。

「――――怖かった？」

シンプルに感想を言うなら、嘘だと分かってるから良かったな、と思った。死んだ妹さんが存在すると悲しいからな。

そもそも、怖さだけで言うならお前が一番怖いよ。存在するからな。

とも思ったが、特に口に出すことはなかった。

ああ、とか、うん、とか、雑に相槌を打って、適当に場を誤魔化す。

仕切り板の端から食み出ている、真っ黒に爛れた六本指を見たら、本心など言葉にする気にもなれなかった。まあ、別に言ったところで怒りはしないのだろうが。

俺の友人は、恐らくだが人間ではない。恐らくというか、間違いなく人間ではない。

だが、別に悪い奴でもない。俺は、友達を選ぶのにそいつが人間であるか否かは特に重視するつもりはない。

なので、こいつは入居条件通り、俺の友人だった。炊飯器に比べれば、会話してくれるだけかなりマシな友人と言える。

友人は怪談を話すのが好きだ。管状の口を伸ばして、長い舌をちらつかせながら、割と良い声で語る。

話はあんまり上手くない。というより、人間ではないものが怪談を語ると割と気が散る。

お前が何より怪談だろうが、と突っ込んでやりたくなるのだ。

だがまあ、彼はまだ誰にも語られたことのない怪異なので、定義上は怪談にもなっていない存在である。

いつから住んでるんだろうか。聞いたことはない。

ただ、大家はなんとも言いづらそうに『逃げ出したのは二十三人』とだけ教えてくれた。

二十三人が此処に住む準備を整えて、それから逃げ出すことが出来るくらいの期間は、住み着いているんだろう。

まあ、恐らく、逃げ出せたのが二十三人というだけなんだと思うが。

俺は、浴室に張り付いた人型の染みについてあまり考えないようにしている。風呂には毎日入りたい派なのだ。

「おやすみ、タカヒロ。また明日ね」

「ああ、また明日」

管状の口を伸ばして律儀に挨拶をしていく隣人は、そのまま俺がベランダから部屋に戻るまで、仕切り板の向こうに立っている。俺が逃げ出さないか見張っているみたいに。

じっと窺うような気配を感じるたび、俺は少し笑いたくなる。

散々逃げ回った結果辿り着いたのが此処だということに、どうやらあいつは気づいていないらしい。

なんというか、やっぱり何処か抜けてるんだろうな。

思いながら、俺は追い払うように「おやすみ」と口にして窓を閉めた。

＊＊＊

初めに自殺志願者の経験談を読んだのがいつだったか、俺はよく覚えていない。記憶が確かなら、高二の夏休みだったような気がする。

月に二、三回、必ず、何かのおまじないのように目を通していたそれらは、言い回しの差はあれど結局は同じ結論に行き着いていた。

要するに、結局のところ人間は生きるべきだという話だ。

俺も全くもってそう思う。思っているのにすぐに忘れてしまう。だからこそ繰り返し見る必要があった。同じ衝動と苦痛を抱える人の後悔と、ほんの一握りの希望を見ることで、自身の歯止めにしようとしていた。

だが。踏み留まるための儀式でしかなかったそれは、ある時を境に、絶対に失敗しない方法を考え続ける日々に塗り潰された。

半年前——高校卒業後に逃げるように働き始めて、二年が経った頃の話だ。ようやっと貯めた金が、母親の借金の返済で溶けて消えた。

空っぽの通帳を眺めながら、俺は一人の部屋で母親の泣き顔をぼんやりと思い出していた。

あの人は俺から何かを奪う時、いつも泣いている。まるで自分の方が傷つけられたとでも言うように。

泣き喚(わめ)く母親と対峙(たいじ)する時、俺は喉の奥を焼かれるような感覚に襲われながら、小さく笑う。笑うしかないのだ。

怒りも憤りも、あの人には何も響かない。怒れば怒るほど被害者面ばかりが強くなって、それこそ話が通じないまま終わる。

今度こそちゃんとするから、という言葉を信じたことはない。信じようと信じまいと、どうせ結果は一緒だ。少なくとも信じたから金を渡している訳ではない。かといって渡さずに済んだこともない。

内緒で作っていたもう一つの通帳に残っていたのは約五万円。給料日は半月先で、家賃の支払いは三日後で、前にも一度滞納したものだから今度は到底許されそうにない空気で、何よりあの人がついてくる以上此処もすぐにめちゃくちゃになるから、選択肢はもう、『失踪する』くらいしかなかった。

あるいは、貴重な金から安いロープでも買って、残った金を詫(わ)びとして部屋に置いておくくらいしかない。

部屋で括る勇気はなかった。俺の検索履歴は特殊清掃の動画で埋まっていて、それがどれほどに大変な仕事か知っているから、せめて迷惑のかからない場所を探さないとならなかった。

ほとんど無一文で逃げ出した時、俺の胸には逆に何の危機感もなかった。

何となく流されるように街中を歩いて、目的を持って歩いているのだろう無数の人たちとすれ違いながら、ああ、人間ってこうやって死ぬのか、と思っていた。

今すぐ死のう、と思った。具体性のある計画が浮かんだ訳ではない。何が何でも肉体を終わらせなければならない、とだけ思った。

とにかく頭の中が聞きたくもない文言で埋め尽くされていて、俺はどうにかしてそれを黙らせなければならなかった。

クソの役にも立たない思考ばかりがガンガンとうるさくて、かといって眠ることで思考を止めるのが叶いそうもないから、もっと上の方法でこの喚いている何かを潰さねばと思っただけだ。

どうにかして上手く片付けなければならない。死にたい訳ではない。この肉体の生命活動を止めて、その上で死体の始末を自分で付けたいだけだ。物事の解決を望んだら、結果として死が付随した。それだけだ。

とにかく死ななければならない。今のうちに死んでおかなければ、恐らく今以上の苦痛が襲ってくるのは明白だったから、これ以上苦しむ前に死ななければならなかった。

苦痛から逃れるために苦痛を伴う手段を選ぶなんて馬鹿みたいな話だ。

だが、残念ながら俺は馬鹿なので、そんな手段くらいしか思いつかなかった。生き抜くための真っ当な解決法が思いつくなら、そもそもこんなことにはなっていない。

とりあえず、なけなしの金でロープだけ買った。

正直に言って、肉体的な苦痛については、丸切り夢のような幻想を抱いていた。

生来なんとなく身体は丈夫な方で、月に二、三度偏頭痛に襲われる程度の体調不良しか味わったことがない。苦痛に対してはだいぶ甘っちょろい考えを持っていたと言えるだろう。

大丈夫だろう、一瞬で終わるはずだ。そんな、根拠のない確信があった。

まあ、あるいはそうでも思わないとやってられなかったのかもしれないが。

大体にして、死ぬ際の苦痛なんて、死に損ねた時に考える羽目になるだけのことだ。つまりはこの先の俺にとって何の参考にもならないので、考えるだけ無駄だった。

誰も死んだ後の体験談なんて残せないし、生き延びた奴は後悔を綴る。

自殺なんて三人に二人は失敗する。思うように死ねたりはしない。判断を誤らないでほしい。

生きてさえいれば希望がある。生き延びて良かったと思う。失敗したことでもっと深い苦痛を抱いている。やめた方がいい。やめた方がいい。やめた方がいい。

引き留めるための無数の言葉を眺めながら、絶対に上手くやろうと思った。そもそも人生が上手くいっていないくせに。

上手くいかなかった人生のツケを払いに来ているのに、死ぬことにすら巧拙が存在するなんて酷い話だ。

とにかく死ななければならない。今死ななければ、己を処分しなければ、取り返しのつかないことになる。

どうしようもなく身体が重くて、足取りだけはいつまでものんびりとしながら、俺は死に場所を探して歩いていた。

歩いて歩いて歩いて、歩いて、日が暮れ出して、国道沿いの道を外れて、木々の茂った細道の、古びたバス停の辺りで立ち止まった。

道ゆく車を眺める。飛び込み、は考えたことがない。俺のような人間を轢き殺して人生がめちゃくちゃになる人間がいていい筈がないからだ。

電車だって論外だ。俺は人身事故で電車が止まったことに悪態をつく乗客を見るたび、自分が責められているような気がして吐き気が止まらなかった。

飛び降りもよろしくない。少なくとも近場には、即死出来るような高さで、尚且つ俺に入れそうな場所はない。

入れるような場所は、そもそも人通りが多すぎる。下で歩いているだけの誰かが巻き込まれたりしたら、と思うだけで足が止まった。

凍死が良いらしい、と聞く。残念ながら今は夏だった。冬まで待てそうにはない。

去年の冬に死んでおきゃあなあ、と思った。でも、今度こそ逃げられるはずだったんだよ。

誰にも迷惑のかからない場所を探して、結果として死体になる時点で迷惑なんだから場所なんかねえわな、と思った。思って、吐いた。

死んだ後に何を言われようとどう思われようと、どうでもいいじゃないか。

その通りだ。間違いなくそうだ。

そんなことを気にするならそもそも死なきゃいい。分かっている。

矛盾している。

永遠に矛盾し続けている。

頭の中がいつまでもうるさい。早く逃げなければならない。

夕陽の中で途方に暮れながら、歪んだ視界に映る景色を辿ったところで、道端に置かれたボロボロの椅子が目に留まった。

くたびれた時刻表の隣に、足の曲がった椅子が置かれている。

錆だらけの安そうな椅子に、ささくれた看板が擦り切れたビニール紐で括り付けられている。

半分腐ったようなそれには、ペンキで塗りたくったような字で以下のような文言が書かれていた。

『何でも屋　お困りごとがあったら相談してください　○█－███－六六八八』

そのすぐ上に、Ａ４サイズの紙がガムテープで雑に貼られている。

『今すぐ人生がどうにかなってもいい人募集中！　月給十五万～　※住み込み必須』

こちらは最近貼られたもののようで、水濡れが乾いてよれている程度だ。

引き寄せられるように紙の端を手に取って、緩慢な脳味噌で五度ほど繰り返し読んで、ようやく中身を理解した。

何だこれ、俺向きだな。

素直にそう思った。

今すぐ人生がどうにかなってもいい人こと俺——にぴったりの扉が、たった今目の前に現れたのだ。


そうして、今。

迷う程度の判断能力も失っていたおかげで俺は、この割と小綺麗(こぎれい)なマンションの一室で暮らしている。

鼠色(ねずみいろ)をした十階建てのマンション。駅近で利便性が高く、静かで住みやすい。オートロックとエレベーターまで付いている。

此処(ここ)は七階で、俺と隣人以外の部屋はずっと空き部屋だ。空き部屋、の筈である。

たまに七〇五号室の扉が開け放たれているが、玄関から奥はやたらと暗く何も見えないので、遭遇した時は見なかったことにして自室に戻ることにしている。

このマンションは、隣人のせいでとにかくおかしなことになっている。

例えば五階は一切灯(あか)りがつかないので夜は真っ暗だし、エレベーターはたまに一人で乗っただけで重量ブザーが鳴るし、時折意味もなくインターフォンも鳴る。チラシの代わりにポストには髪の毛も入る。

あと階段は使えない。まあ、使ってもいいが。俺は使わない。少なくとも、六階を通る時は。じきに入居者が全員出ていくことになるだろうと思っているが、短期入居者には便利な立地ではあるのか、そういう意味では需要を満たしている物件ではあった。

四階以下なら、まあまだ、安全であるし。加えて良い点を挙げるなら、立地からすると考えられないくらいに賃料が安いことだろうか。

騒がしい入居者はほとんどいないので騒音トラブルは皆無だ。ぞっとするほど静かである。短期賃貸サイトのレビューには謎にいいことしか書かれていないので、満足度は高いのだろう。サクラかもしれんが。たまに『ありがとうございます』と書かれているので、余程良かったんだろう。

あとはまあ、近くにスーパーは三軒あるし、美味(おい)しいパン屋と、あとコーヒーが美味(うま)い喫茶店と、割と安いジムもある。

なんだ、案外良いところかもしれないな。

住めば都と言うもんな、なんて思いながらベッドに寝転がろうとした俺は、布団が明らかに人型に盛り上がっていたので、そのままデスクへと行き先を変更して、しばらくＳＮＳと厳選おもしろ動画を見て時間を潰した。

数時間後には、布団はしっかりぺちゃんこになっていた。上から乗り直したみたいに。

まあ、寝るには問題なかった。多分。

グ■ハイツ■（レビュー26件）

【口コミ・評価（26件）】

《評価》★★★★☆

駅前にコンビニ、スーパーが揃(そろ)っていて良い。弁当屋もある。

（30代・男性）

《評価》★★★★☆

管理人さんが親切で良いです！　ゴミ捨て場も綺麗(きれい)！

（20代・女性）

《評価》★★★☆☆

17年前の【会員登録して続きを読む】

（40代・女性）

《評価》★★★★★

ほんとうに ありがとうございます

（30代・女性）

《評価》★★★★☆

近所に美味しい居酒屋が幾つかあるのが嬉(うれ)しい。飲み屋がある割に夜中騒がしくもない。月に一、二度、インターフォンの不調がある。

（30代・男性）

《評価》★★★★★

大変ありがとうございました。

（20代・男性）

《評価》★★★☆☆

静かすぎてたまに電車の音の方が気になるかも。窓を閉めればそんなかな。他の部屋の音は気にならない。

（20代・男性）

《評価》★★★★★

御礼申し上げます。

（50代・女性）

【その他　６件を見る】

『自転車屋さん』

「これは友達に聞いた話なんだけどね」

十五年ほど前の話だ。

その友達の家の近所には、ほったらかしにされた空き家があった。

元は、独居のお爺さんがやっていた自転車屋だった。そのお爺さんが亡くなってから誰も管理する人がいないのか、道具やら何やらがそのままに放置されていたらしい。

放置されて一年ほど経った頃だろうか。

その空き家にお爺さんの幽霊が出る、という噂が広まった。

店舗になっている一階の奥で、お爺さんが丸椅子に腰掛けているのだという。

当時中学生だった友達は、面白がって話を聞いた。

数人が集まって、俺は見に行ったけど何もいなかっただの、何もしてないのに自転車のベルが鳴っただの言い合って、気づいたら仲間で揃って空き家を覗きに行くことになっていた。

放課後。いつもの四人で連れ立って、日のある内に例の空き家へと向かった。

流石に夜になってから家を抜け出すのは無理だろう、という話になったのだ。純然たる事実なのだが、なんとなくその場の全員が、別に怖いだとかいうダサい理由ではない、という言い訳の空気を漂わせていた。

自転車屋は、団地の公園の隣にある。

二階建ての木造建築に、軒先にオレンジ色のテントを被せた外観。入り口は引き戸で、店内の角の方に二階に続く階段が見える。

微塵も管理するつもりがないのか、扉には鍵すら掛かっていなかった。

四人で連なって、そろそろと薄暗い店内に入り込む。

入り口の引き戸以外に光を取り込める場所がないせいで、扉の前に立つと更に暗くて中が見辛かった。

本来は商品の自転車が並んでいたのだろうスペースは空っぽだ。壊れて使えそうもない自転車が数台、壁際に寄せられている。

隅の方には、半分ほど中身のなくなった道具箱と、よく分からない部品やチューブのようなものが転がっていた。

「椅子ってあれ?」

店の奥にある倉庫の手前に、丸椅子が置かれていた。

合皮が古びてあちこち割れている。長い間使われていたものなのは間違いなさそうだった。

噂だと、あの丸椅子にお爺さんが座っているらしい。

だが、少なくともその場の誰にも、爺さんらしき姿は見えなかった。

遠巻きに、しばらく眺める。

暗がりにぽつんと置かれた丸椅子は、ただの椅子以外の何物でもない。

かといって、誰もそれ以上近づいて何かを確かめよう、という気にもなれなかった。

退屈の他に、僅かだが確かに不安が漂っていた。

「やっぱなんもいねーな。てか、ベル鳴ったたって言ってた自転車どれ?」

Bくんが、やたらと明るい声で尋ねながら視線を壁際へと外す。

つられたように全員が自転車へと目をやった、その時。


ガタン、と何かが倒れる音がした。


思わず声が漏れる。

小声で突っつきあいながら音の方を振り返ると、丸椅子が倒れていた。

無論、誰も触れてはいない。

そもそも、触れられる距離にすらいない。

「猫でも入り込んでんの？」

現実的な予想でもって奥を覗き込もうとしたCくんの腕を、Dくんが掴んだ。

「出ようぜ」

「え」

「長居して誰かに見つかってもアレだし。なんか壊れてて俺らのせいにされてもヤじゃん」

真っ当な言い分だったので、全員がDくんの言葉に従った。

いや、別に言葉に従った訳ではないのかもしれない。いつものノリだったら、確実に誰かが揶揄いでも口にしただろう。

だが、その場の誰からも、冗談でも反対意見は出なかった。

くだらない雑談で間を埋めて、いつものように分かれ道でそれぞれ帰った。

元々、強い興味があって行った訳でもない。その後は仲間内で空き家の話題が上ることもなかった。

ただ、友達はどうもその時の様子が気になって、Dくんに何度か聞いてみたらしい。

何か、自分たちには見えないものを見たんじゃないかと。

しつこく尋ねる友達に、Dくんはしばらくしてから、観念したように話してくれた。

あの日、倒れた丸椅子の上には、首を括った妊婦がぶら下がっていたんだそうだ。

ただの妊婦ではない。身体は若い女性に見えるのに頭だけが老婆のようで、開いた目がじっと此方を見ていたらしい。

友達はそれを聞いた時、もし見えたのが自分だったら、あの場で軽く叫んでいただろう、と思ったそうだ。

Dくんからすると、あんまりにも妙な光景だから現実のように思えなくて、理解が追いつかなかったのだという。

ただ、その奇怪な姿態の幽霊が、空き家が放置され続けている理由のような気がしたそうだ。

空き家はそれからも放置され続けていたが、一年前にようやく取り壊されたらしい。

跡地には、幽霊が出るようなことはないそうだ。


「――――怖かった?」

「ああ、うん。まあまあ。謎が残ってる辺りがいいよな」

話を聞き終える頃には、マグカップの紅茶はすっかり冷めていた。

季節は冬だ。もはや怖さよりも寒さの方が気になる。

だがまあ、ベランダ以外で顔を突き合わせて聞いてくれ、と言われた日には逃げる他ない。

故に、俺は怪談を聞くためだけに厚手の半纏まで用意してベランダに出ている。なんとも健気な話だ。

ところで。この怪談だが。

前に一度聞いたことがあったな、と途中で気づいた。

此処に住んで半年が経つ。

週に何度も聞いていれば当然、ネタ被りくらいは出てくるだろう。

あるいは、こいつもどれを話したのか忘れているのかもしれない。

そんなことを思いながら相槌を打った俺の耳が、小さな呟きを拾った。

「ふうん」

あ。

やべ。

一瞬で気温とは別の寒さを覚えたので、俺はカップにつけかけていた口をぱっと離した。

「でもさ、これ前に聞かなかったか？」

「……ええ？　そうだったっけ？」

板を隔てた声が、途端に弾んだものになる。

にょろにょろと伸びる舌を視界の端に捉えながら、俺は心中の焦りをなんとか取り繕って言葉を重ねた。

「俺の記憶違いかなあ、なんか聞いた気がするんだよな」

予想が正しいなら、こいつは今、俺を試したのだ。

自分が話した怪談を——つまりは友人の話をちゃんと聞いているか。適当に聞き流していないか。

「自転車屋が出てくる別パターンの話かもな、と思って聞いてたんだけどさ。やっぱり前にも話したんじゃねえかな」

いや、でもさあ。

言わせてもらってもいいんならさあ。

友達と話した会話を全て覚えている奴、いねえと思うよ、俺は。

カップを支える指が硬く強張っているのは、寒さだけが理由ではない。

ただ、浮かべた笑みがどうにも引き攣るのも、恐怖だけが理由ではなかった。

「うーん、そう言われると、同じだったかも。今度はちゃんと、違う話用意しておくね」

「……まあ、繰り返し聞くのも良いもんだろ。面白かったら同じ動画だって何度も見るし」

「動画……」

「ほら、Y××Tubeとかさ、お前知らんかったっけ」

「むつかしい」

「そっか」

声音はすっかり普段通りだった。どうやら機嫌は直ったらしい。

その後も幾つか他愛(たわい)ない言葉を交わしながら、俺は内心そっと胸を撫(な)で下(お)ろした。

まったく、重めの彼女みたいなことしやがる。

俺は友達を試すような奴は苦手なんだが、何処(どこ)までが許容範囲か分からない以上、迂闊(うかつ)なことは口に出来なかった。

隣からは、小さな鼻歌が聞こえてくる。

「タカヒロ。ありがとね」

鼻歌か。果たして、あいつに鼻と呼べる器官はあるのだろうか。謎だ。

「……いや、……おう」

「おやすみ」

「……おやすみ」

その礼は、一体何に対しての礼なんだろうな。

考えることすら億劫になって、俺はカップを片手に室内へと戻った。

窓の鍵を掛けて、カーテンを閉める。今日のベッドは至って普通だった。

冷めた紅茶を流しに捨てて、ケトルのお湯で淹れ直す。

デスクの前の椅子に腰掛けて脱力してから、深い溜息を吐いた。

ここ半年が平和だったものだから、すっかり油断していた。

隣に住んでいる俺の友人は、紛れもなく、人間ではない。

俺なんか簡単に殺せるし、逃げ出した二十三人だって必ず何処かおかしくしていただろう。

気を抜けばすぐに、俺は風呂場の人型の染みとおんなじ運命を辿ることになる。

「死にたくねえ～……」

思わず呟いてから、死ぬほど馬鹿馬鹿しくなって笑ってしまった。

死にたくねえよな。

そりゃそうだよ。

すっかり身体が冷えていたので、俺は風呂に入ってから寝た。

＊＊＊

現在の俺の仕事は、あのマンションで生活を続けることである。

月給十五万。まあ、その他にバイトもしているのだが、その話は一旦置いておくとして。

つまりは、この生活をする上での雇い主がいる。

あの日電話した俺に面談をしてくれた人で、名前は神藤光基(カンドウミツキ)さんと言う。

三十代半ばの柔和な顔立ちの男性だ。

何でも屋は本来は彼の兄がやっているらしく、神藤さんはあくまで代理で、普段は会社員をしているらしい。

奥さんと小学生の娘さんがいるが、二人とは離れて暮らしている。

どうも、このマンションの件を任されてから何やらおかしなことになって、離れた方がいい、と他県まで引っ越したらしい。

いわば兄の仕事に巻き込まれた形になるというのに、神藤さんには特に気にした様子もなかった。

『いつものことなんだよ』なんて困ったように笑っていたのを覚えている。

迷惑をかけられても笑って許せるほどの信頼が、二人の間にはあるようだった。

まあ、家族というのは、本来はそういうものなのかもしれない。

神藤さんは至って普通のおじさんだった。特別な力もないし、何を見ることもない。

そういうのは全部お兄さんがやっていて、何やらあって四国まで行ったお兄さんがちっとも帰ってこないので、仕方なく色々と回しているらしい。

看板に貼り付けた文言を考えたのは神藤さんではなく、お兄さんだそうだ。

あんな書き口で来る訳ないだろう、と思っていたのに俺が来たので、神藤さんは最初あれこれと俺の心配をしてくれた。

『高良（タカラ）くん、まだ二十歳（はたち）でしょう？　人生をどうかしてしまってもいい歳（とし）じゃないよ。もっと真っ当な仕事に就きなさい』

真剣に心配してくれているところ悪いが、俺はもう本当にどうなってもいいから此処に来たのだ。どうにかならないと助かる気がしなかったから。だから来たのに。

あんな風に書いておいて、来たら断るだなんて不誠実じゃないですか、と問い詰めると、神藤さんは困ったように眉を下げた。

まあ、今なら分かる。神藤さんは本当にどうかなってしまった人間を見てきたから、まだ未来ある（と思われる）俺をこんな場所に置くのは嫌だったのだろう。

二十歳そこそこの碌（ろく）な職歴のない人間でも、若者というだけで価値があるように見えるに違いない。

だから仕方なく、俺はあの人の話をした。したくなかったけどした。

俺が産まれたせいで親父に逃げられたあの人が、一体俺をどう扱ってきたか、出来る限り覚えていることを話した。

頼れる親戚も誰一人いないし、奨学金は使い込まれそうになった――というか使い込まれたから学費も払えなくてなんとか手続きして途中で受給を辞退して逃げ出したし、先日居場所を突き止められて、どうにか金を産む存在として使おうとしてきたし、無論俺は逃げるつもりだけれど、逃げるつもりなら県外にでも向かえばいいのにどうしてあんな場所にいたのか本当に分からないし、いや分かってはいるし、俺はずっとあの人の言うことを聞かないと死ぬんだと思っていたし、多分これからもそうだろうと思うし、なんなら今もそう思っているし、だからやっぱり、どうにかなってしまうような場所でないと助からない気がする。

という話を、出来る限り落ち着いて話した。と思う。

自分が落ち着いていたか、そもそもきちんと話せていたかすら、その時の俺にはよく分かっていなかった。

神藤さんはしばらく考えてから、渋々了承してくれた。本当に渋々だ。顔を見れば、だからこそ真っ当な職に就くべきだと考えているのは分かった。

そもそも神藤さんはあのマンション自体を取り壊すべきだとすら思っているようだったし。

ともかく、俺のクソみたいな手札の中から切れるカードは、殊更にクソみてえな不幸自慢だけだった。

神藤さんからしてみれば、そんなものは納得の材料にはならなかっただろう。

でも、実際のところマンションの入居者がいなくて大家は困っていたし、通話で同席したお兄さんは『いいんじゃやねえの』と言っていたし、俺以外に人生がどうにかなっていいと確信している人間は応募してきてなかった。

そういう訳で、俺は今日もあのマンションで暮らすことで命を繋いでいる。


店内に入ると、先に待っていた神藤さんが軽く手を上げて俺を呼んだ。

忙しいだろうに、神藤さんは俺を心配して度々顔を合わせる場を作ってくれる。経緯が経緯だし、仕事も仕事だから、生存確認も込めての場なのだろう。

対面の席に腰掛けて頭を下げた俺に、神藤さんは紙袋を手渡してきた。

「高良くん、良かったら貰って。この間、涼香さんのとこ行ってきたからお土産」

「え。あ、ありがとうございます」

神藤さんは、奥さんを名前にさん付けで呼ぶ。二つ年上の初恋の人だから、今でも呼び捨てしようとすると照れてしまうんだそうだ。

いつまで経ってても新鮮に照れるものだから、娘さんがたまに揶揄って母親を『涼香さん』と呼ぶらしい。

俺は神藤さんから家族の話を聞くたびに、割と心底驚いてしまう。フィクションの世界以外に、『幸せな家庭』というものが存在することに。

いや。在ることは知っている。そりゃあ、見たことだってある。

俺のような人間と関わるような位置に、そういう種類の人がいることに驚いてしまうのだ。

今なんてお土産まで貰っているし。あ。笹団子だ。あと柿の種。

缶に入っている柿の種を見るのが初めてだったので、思わず取り出して眺めてしまった。

「あと、これは大家さんからボーナスだって。こんな平和に半年持ったのは高良くんが初めてだから、本当に感謝してるみたいだよ」

「おお……恐縮です……」

追加で渡された封筒に、俺はぎこちなく頭を下げる。

本当にただ住んでいるだけなのにボーナスなど貰っていいものだろうか。真っ当に働いている人たちに申し訳なくなってきた。

以前は毎日怒鳴られながら必死にしがみついて貰っていた筈の金が、ただ生きているだけで入ってきてしまう。

突然知らんルールの世界に放り込まれたみたいで、正直ちょっと居心地が悪かった。

「あの。神藤さんって、あいつの好きなものとか知ってます？」

「人間以外に？」

「……ええ、人間以外で」

「どうだろうなあ……兄さんに聞いてみようか。でも、どうしてまた？」

「いや、あいつのおかげで貰ったもんなので、何か買って帰ろうかな……と」

神藤さんは、なんだか変なものでも食べたみたいな顔でグラスの水に口をつけていた。

分かっている。

俺自身、変なことを言ったな、と思っている。

だが、俺は彼処に住んでいる限り、間違いなくあいつの友人なのだ。

付き合いのある友達に何か好物でも買っていってやろう、と思うこと自体は、まあ、おかしくはない。筈だ。多分。

記憶を辿るように目線を宙へとやっていた神藤さんは、メニュー表を開いて俺の方へと寄越しながら、スマートフォンを手に取った。

どうやらわざわざお兄さんに聞いてくれるらしい。なんだか手間をかけてしまって申し訳ない。

俺が直接尋ねられればいいのだが、お兄さんは神藤さん以外の連絡には碌に返事をしないそうだ。

食べている間に返事が来ると思うよ、と言われたので、俺はとりあえずハンバーグ定食を頼んでおいた。

どうでもいい話だが、食事を奢(おご)ってくれる大人という存在自体があまりに未知なので、俺は神藤さんと飯を食うたびに毎度変な汗を掻(か)いてしまう。どうにも、未(いま)だに慣れなかった。

「ああ、来たね」

言った通り、食事を終えた頃に返信が来た。

神藤さんがメッセージアプリの文面をそのまま見せてくれる。

『食べ物しか受け取らんだろう』

『手作りは禁止』

『命食わせるようなもん』

『あれどうだ?』

『グミとか』

雑に分断されたメッセージは、それきり途切れていた。

「グミ」

画面を見たまま、とりあえず復唱する。

グミ。

グミかあ。

呆けた顔で見つめていると、神藤さんも画面を確かめて苦笑した。

「グミ、らしいね」

「グミっすか……」

化け物って、グミ食うんだな。

まあ、とりあえず、手作りだけは絶対に駄目だということは分かった。

何処までを手作りの定義とするかはよく分からんが、市販品なら大丈夫ということなんだろう。

とりあえず礼を言って、俺は何度か頭を下げてから、グミを買って帰るためにスーパーに寄った。

『同級生の犬』

「友達に聞いた話なんだけれどね」

中学生の頃の話だ。

友達の同級生が一人、事故で亡くなったらしい。夏休み中に、飲酒運転の自動車事故に巻き込まれたそうだ。

葬儀を終えてすぐに、同級生の両親は他県へと引っ越してしまった。色々と、耐え難いものがあったのだろう。

新学期、教室に向かうと犬がいた。

白い毛並みの、可愛らしいマルチーズだった。

「おはよう」

教室に入った誰もが、ごく自然にその犬に挨拶をしていた。

「おはよう、××」

そう、声をかけてから、たった今自分が何を言ったのか分からずに首を傾げていた。
おはよう、と軽い調子の挨拶が次々に交わされる。
マルチーズは嬉しそうに尻尾を振りながら、その声の一つ一つに返事をしていた。

「おはよう」と、××の声で。

そういえば、と誰かが言う。
事故に巻き込まれた時、彼は愛犬の散歩中だったそうだ。
それからしばらく、マルチーズは当然のような顔で教室にいた。
生徒も教師も、誰一人として、おかしいと分かっているのに何も言い出せなかった。
言い出したら、何かが壊れてしまうのではないかと思って。
結局、気づいた時には犬は現れなくなったそうだ。

「――――怖かった？」
「……怖いというか、切なくてやるせないな」

あと、犬が死ぬ話だな。

感想としてはそんなところだ。

共に事故に巻き込まれて亡くなった一人と一匹が、寄り添いあって存在している。

最後に友達に別れを言いたくてやってきたのかもしれない。

両親のもとへ顔は出したのだろうか。逆にショックを与えるから、行かなかったかもしれないな。

なんて、架空の××くんに思いを馳せたところで意味はないのだが。

善良な人間に不条理な不幸が訪れる系の話は、どうにも聞いていて居心地が悪い。

俺としては、禁じられた場所に入って因果応報で呪われるだとか、そういう話の方が気楽に聞けるから好きだ。

――――というようなことを伝えると、隣のあいつはグミをもぐもぐしてから呟いた。

「じゃあ、住んじゃいけない家の話でもしようか」

「…………住んじゃいけない家かあ」

今し方、住んではならなそうなマンションにいる身としてはどういうスタンスで聞けばいいのだろう。ちょっと困った。

「埼玉の何処かのお家の話なんだけどね」

いかん、始まってしまった。

てっきり明日にでも話してくれるのだとばかり思っていたのだが、友人は空っぽになったグミの袋を俺に渡しながら続けた。

ちなみにこれは、捨てておいてね、の意である。まあ、ゴミ出しには行けないからな。

「その屋敷には立派な門があってね。でもそこから入っちゃ駄目だから、塀に開いた穴から出入りするように決められてたんだ」

当然、はたから見ると滑稽でしかないので、揶揄い混じりに穴屋敷と呼ばれていたそうだ。

屋敷自体は立派なものだから、尚更面白おかしく見えたのだろう。

周囲からは、使わない門ならとっとと壊してしまえばいいのに、と言われていた。

でも、そこの主人は頑として譲らず、古くなった閂を作り直してまで門を閉ざしていたらしい。

もう歳も歳だから、言ってもしょうがない、と親族は好きにさせていたのだとか。

元々人嫌いの激しい男で、住んでいるのは主人だけだから、困るのはお手伝いさんくらいのものだった。

それから数年後。屋敷の主人が亡くなった。

葬式のために親族一同が集まった際、例の門を開けてしまったそうだ。

確かに、これだけの人間が集まっているのに一々穴を通るのは面倒だ。

その場の誰からも、強い反対の声は上がらなかった。

親族のほとんどが門を通って帰り、主人と親しかった数人が、穴を通って帰った。

それからしばらくして、門を通って帰った親族は次々と不幸に見舞われた。

事件に事故、自死から消息不明まで。五年も経つ頃には、彼らは全員亡くなってしまったらしい。

屋敷は今でも、埼玉の何処かにあるそうだ。

「……怖かった？」

「まあ、怖かったよ。……でも、それって『住んじゃいけない家』ってより、『通っちゃいけない門』じゃないか？」

「ううん。住んじゃいけない家だよ」

屋敷自体では何も起こっていないのだから、悪いのは門の方ではないだろうか。

そう思って聞いてみたのだが、隣人は軽い調子で否定した。

「あんなところに家を建てたらいけないんだよ」

あいつはそれだけ言うと、珍しいことに挨拶もなく部屋へと戻ってしまった。

『たくちゃん』

「友達に聞いた話なんだけどね」

大学生の頃。住んでいたアパートの隣室に、妙なおばさんが住んでいたそうだ。

白髪頭の疲れ切った女性で、いつも地面ばかり見て歩くので、しょっちゅう人とぶつかりそうになっていた。

友達も何度かぶつかられそうになって、身を捩って避けていたらしい。

明らかに何処かがおかしい人にしか見えなかったので、関わること自体が怖かったんだそうだ。

女性は常に『たくちゃん』という名の人形を脇に抱えていた。名前は、たまに呼びかけているので分かった。

赤ちゃんを模して作った、よくある市販の人形だ。

可愛らしいベビー服を着ていて、なのに荷物みたいに小脇に抱えているから、妙な扱いだなあ、と思っていたらしい。

子供の代わりにしているなら、もっと丁寧に抱きかかえるだろう。

時折、片手で髪の毛を掴んでぶら下げたまま歩いていることもあって、それがなんとも言えず異様な光景なのだという。

友人は早々に引っ越しを考えたが、生憎と金がない。

家賃が安いのはこんな理由があったのかと、よく考えずに即決した迂闊な自分を呪った。

ただ、言ってしまえば、不気味なだけで実害がある訳ではない。

選べる家賃を考えるに、下手に焦って引っ越して、その先で騒音やらなんやらのトラブルがあっても困る。

少なくとも静かだし、遭遇しても避ければ問題はないのだ。何処までも、気味が悪いだけで。

どうしても耐えられなくなったら引っ越そう。

友達はそう決めて、しばらくの間は我慢することにした。

言っても相手は痩せたおばさんなので、いざという時はなんとでもなるだろう、とも思っていたようだ。

それからしばらくして。

ある夜。家に帰ると、ドアノブに黒いビニール袋が掛かっていたらしい。

手に取ろうとして、すぐに嫌な予感を覚え、大学の友人を呼んだそうだ。一人で触るの嫌じゃん、と話して。

怖い話を面白がるタイプの友人だったから、急な呼び出しでも嬉々として来てくれた。

二人は並んで、黒い袋を手に取った。

袋の口が固く結ばれているので、無理やり千切って中を確かめたらしい。

袋の中身は、手足がばらばらになった人形だった。

艶々としたつぶらな瞳がこちらを見上げていたのを、今でも覚えているらしい。

中には、手紙が一緒に入っていたそうだ。

『たくちゃんはりんごが好きです。

おべんきょうがとくいな良い子です。

よろしくお願いします』

二人は顔を見合わせて、それから、ばらばらの人形をもう一度確かめた。

目的も、意味も、理由もさっぱり分からなかった。

まあ、隣人に勝手に押し付けていくのは、百歩譲って良いとする。

だが捨てていくにしても、四肢を外す理由はなんだ。外しておいて、一緒に入れているのも分からない。

そもそもこんな奇行に走る人間のすることなど、考えても仕方ないのかもしれないが。

あまりに不可解で、しばらくあれやこれやと考えてみたのだが、結局気持ち悪くてすぐに捨ててしまった。

おばさんは、その夜以来姿を消した。わざわざ尋ねることもないので、行方（ゆくえ）も何も知らない。

友達は家賃の安さと、大学への通いやすさを取って、卒業までそこに暮らしていたそうだ。

おばさん由来の怖い体験は、それきり何もなかったという。

今でもたまに、ビニール袋に入った人形をふとした時に思い出すらしい。

そのたびに、一番薄気味悪かった光景が頭をよぎる。

人形の股間の部分は、刃物か何かで滅多（めった）刺しにされていたそうだ。


――いつもなら、此処（ここ）で『怖かった？』と聞かれるのだが、今日は違った。

「タカヒロは、怖いものある？」

感想を口にしようとしていた喉が、一旦言葉を仕舞（しま）う。

珍しく、生きてる人が怖い系の話だったな、と言おうと思ったのだが。

面食らいつつ、間を埋めるようにとりあえずカップの紅茶を一口飲み込んだ。

怖いもの。

怖いもの、ねえ。

自慢じゃないが、俺はなんだって怖い。老若男女すべてが怖い。

怒鳴ってるジジイを見ると逃げるように離れるし、甲高い声で話してる女だって苦手で道の端に寄るし、子供だって何やり出すか分かんねえから避けるし、前の職場の上司に似た背格好の男を見ると目眩がするし。

あとは知らねえ間に増えてる借金とか。どういう訳か居場所を突き止めてくる母親とか。突然読めなくなる文字とか。朝日とか。着信音とか。へんな耳鳴りとか。

立ってることそのものだとか。

この世って怖いもんしかねえんじゃねえかな、とずっと思っている。

生まれてからずっとだ。なんなら、あの人が俺を産もうと決めたこと自体が恐ろしいと思っている。

「なんで?」

ただ、言っても上手く伝わらない気がしたから、俺は笑いながら聞き返すに留めた。

こいつは言葉が通じるだけで、心が通じる訳ではない。今の俺が求められている言葉を探すための材料が足りなかった。

「タカヒロ、怪談怖がらないでしょ、あんまり」

「……いや、怖いとは思ってるぜ？　でもほら、俺、リアクション薄いから」

「うん、だから、タカヒロの怖いものの話しようよ」

とりあえず、こいつは俺を怖がらせたいんだろうな、というのは分かった。

やはり怪異として存在するからには、怖がってもらわなければならないのかもしれない。

いやまあ、こいつは存在自体が十分怖いんだけども。そういうことではないんだろうな。

マグカップを見下ろして、俺は仕切り板に軽く寄りかかりつつ、再度考えてみた。

怖いもの。

怖いものねえ。

「母親かなあ」

言うつもりはなかった。

ただ、勝手に口から零(こぼ)れ落(お)ちていた。

「ジュリナか」

「…………おう」

人の母親を呼び捨てにすんなよ、と笑ってやろうとして、見事に失敗した。

俺はこいつに、母親の名前を教えたことはない。

そもそも話したくもない人のことだ。話題に上げることすらない。高良珠璃奈については、字面を見るだけでも吐き気を催す。だから、普段の俺はなるべくぼんやりと認識して、あの人と呼ぶようにしている。

こんなに寒いのに、嫌な汗を掻いていた。

「ジュリナ連れてきたら、怖い？」

「……怖いってか、嫌だな」

「いや」

「凄まじく嫌だし、多分友達辞めると思う」

「ぬわ」

心の底から嫌すぎて、体裁を取り繕うことすら出来なかった。

わたわたと、視界の端で長く伸びた指がもつれている。

焦っている。まあ、そうだろう。こいつには今現在、俺しか友達がいないので、俺に友達を辞められたら困るのだ。

「連れてこないよ、ほんとだよ、タカヒロ。ほんとだよ」

「分かってるって。もしもの話だろ」

俺はあの人が何処にいるのか知らない。こいつはもしかしたら知ってるのかもしれないけど。

あの人も、俺が何処にいるのか知ってるのかもしれないけど。

もしかしたら此処にも来るのかもしれないけど。

考えたくないから、早々に思考は放棄した。

隣人は、少なくとも『しない』と約束したことは本当にしない。

立証済みだ。こいつは、俺をずっとタカヒロと呼ぶ。俺がそう呼んでくれと頼んで、了承したからだ。

「ね、タカヒロ」

「うん?」

「ジュリナが死んだら嬉しい?」

俺はしばらくの間、ただじっと、目を閉じていた。

悪意でもって聞かれた訳ではない。どちらかと言えば、善意かもしれない。

嬉しい、と答えたらどうなるのだろう。どうなってしまうのだろう。どうしてくれるのだろう、この隣人は。

ふと、サイトのレビューに並んだ『ありがとうございます』が、ぼんやりと頭に浮かんだ。

緩慢な仕草で瞼を持ち上げる。自分の身体じゃないみたいに、全身が妙に重かった。

「……うーん、分からん」

「わかんない？」

「ああ。難しい」

「むつかしいか」

「……難しいよ」

あの人がいなければ良かったのに、と思ったことは一度や二度じゃない。死んでくれと願ったことなら何度もある。本当に、何度もある。

昔、寝ているあの人を包丁で刺そうとしたこともある。衝動に任せた行動なのは確かだったが、同時に頭の片隅はずっと冷静だった。

俺は小学生だから、今ならこの人を殺して捕まっても大丈夫な筈だ、と知っていた。

まあ、結局包丁は台所に戻したんだが。

だってさ、嫌だろ。なんで勝手に産んだ人間のせいで、俺がそんな最悪にしんどくて気色悪いことしなきゃならないんだよ。

今だって嫌だよ。なんであの人のせいで俺が社会的に不利な条件を背負わなきゃならないんだよ。おかしいだろうが。

それに。

あの人が死んだら、この世に俺を必要とする人は一人もいなくなる。

「ねえ、ねえ、タカヒロ、次はこーらのやつがいい」

「あ？　何が」

「ぐみ」

「あー……グミな。今度買ってくるよ」

一体いつグミの話になったんだろうか。半分くらい耳に入ってなかったので、話の流れが分からなかった。

こいつがこのマンションに憑いてから、随分と長いこと経ってそうなのに、誰も食い物をやろうとしたことはなかったらしい。

グミを買って帰った日、隣人はあれこれと珍しがって、パッケージが開けられずに一度俺に戻して、それから開いた袋を嬉しそうに受け取ってちまちまと食べた。

いたく気に入ったらしく、それから一週間に一袋のペースで美味しく食べている。

食べる楽しみがあるのは良いことだ。

本当に良いことだと思う。

本当に。

「今度ね、絶対ね。かたいのじゃなくて、やわこいほうね」

「分かった分かった」

どうやら余程気に入ったらしい。とびきりに楽しみにしているのが伝わってきたので、思わず笑い混じりに相槌（あいづち）を打つ。

隣人はくふくふと笑いながら、やけに弾んだ声で言った。

「ありがとね、タカヒロ」

随分と柔らかい響きだった。

心の底から期待に満ちた声だった。

そんな、今生で一番のプレゼント貰（もら）ったみたいなリアクションされても。

たかがグミ如（ごと）きで。

「や、」

口走りかけた初めの一音を、無理やり飲み込む。

代わりに、普段通りの挨拶を、なんとか絞り出すように呟（つぶや）いた。

「……おやすみ、また明日」

「うん、おやすみ」

やっぱりさ、死んだら嬉しいよ。

部屋に戻って、窓を閉めて、マグカップを片付けてから、そこでようやく、言わなくて良かったな、と思った。

同じくらい、言っとけばよかったな、とも思った。

帰り道

ある日の午前三時半。

どうにも眠れなかったので、コンビニに行くことにした。

うちの近所にはコンビニが二つあるが、近い方は二十四時間営業ではない。

よって深夜に買い物するなら、高架下を抜けた先の、ちょっと離れたもう片方に行くことになる。

俺が週に三日、深夜バイトに入っているコンビニだ。

深夜帯シフトには大抵、外国人留学生と七十過ぎの爺(じい)さんが入っている。入店時に挨拶だけ軽く交わして、ホットミルクティーを買って出た。

留学生のニラジさんは、俺の一つ上で二十一歳だ。日本で就職をするために来たらしい。

立派な人だなあ、と思う。もしも俺が同じことをやれと言われたら、早々に精神が参って逃げ帰るだろう。コンビニに限らず、接客業って前世が羽虫だったみたいな人間が来るし。割と頻繁に。

そもそもが、関東から出るイメージすら湧かない人間である。

確かに離れようと思っているのに、逃げ出そうとすると、いつも夜道に置き去りにされた時の記憶ばかり浮かぶ。

俺の方が捨ててやりたいのに、何故か捨てられることに怯え続けている。なんとも、馬鹿みたいな話だ。

ぬるくなる前に、とボトルに口をつける。

コンビニを出て左に歩いて高架下を通り、最初に見えるパチンコ屋を曲がった道を進むと、あのマンションに着く。

高さ制限の看板を見ながら高架下を潜ったその時、一旦閉めようとしたキャップを取り落としてしまった。

「ああ……」

歩きながら飲んでたのが良くない。溜息混じりに屈んで、転がるそれを追う。

オレンジ色のキャップに手を伸ばした俺は、それが赤いピンヒールの爪先で止まったのを見て、ふと目を上げた。

女がいた。

思わず瞬く。少なくとも、先ほどまで人影らしいものはなかった筈だ。

いくら高架下が明かりに乏しく暗かったとしても、何も見えないほどでもない。

確かに誰もいなかった、と思うのだが。

白いノースリーブのワンピースを着た、痩せ型の女性だ。長い黒髪が、顔を覆うように腹の辺りまで伸びている。

まず初めに、今の季節が頭をよぎった。

十二月半ば。予報によれば気温は七度である。

次に、俺の思考はこの女を不審者として定義した。

幽霊だと思うよりは余程現実的だからだ。

そうして最後に、足元のピンヒールと、此方(こちら)を向いているのが後頭部であることに気づいて、違和感に眉を寄せた。

ピンヒールの爪先は此方を向いている。同時に、後頭部も此方を向いている。

順当に考えるなら、首が捩れていなければならない。

例えばウィッグを被っているだとか、髪型で誤魔化しているだとか、そういうことを考えられない訳ではない。

だが、わざわざ真冬に、こんな夜道でそんなコスプレをする趣味の女がいるとは思えなかった。

まあ、もしかしたら、悪質なY××Tuberとかかもしれないが。

なんならそっちの方が有り難いくらいだが。

女は依然として、目の前に立っている。身じろぎ一つ、する気配はない。

踵を返して逃げるべきだろうか。それとも動かず去るまで待つべきだろうか。

何がこの女を刺激するか分からない。仮にこいつが幽霊であっても、そうでなくても、俺がするべきはこの場を穏便に収める以外にはない。けれどもその方法が分からない。参った。

不恰好な中腰で固まること数十秒、

「しりませんか」

そろ、と足を引いて逃げようとした俺の頭上で、女が呟いた。

捻り潰した管に無理やり水を通したみたいな、崩れて濡れた声だった。

「しりませんか」

ぐちゃぐちゃの声が、冷えた暗がりに淡々と響く。

「ゆなちゃん　しりませんか」

言葉を返すのは不味い、という確信だけはあった。

「すみえゆなちゃん」

すみえ、と言うのが苗字だろうか。

生憎と、俺には聞き覚えはなかった。

「しらないですか」

見上げる俺の前で、後頭部が歪に曲がった――と思ったら、次の瞬間にはぐらりと頭が零れ落ちた。

幸いにも、顔は見えずに済んだ。

「しらないならしってください」

首の皮が伸びきっている。

小指の折れた右手が、器用に頭を支えていた。

「しらないならしってください」

左手が頭を掻きむしる。

ぱさついた黒髪がぐちゃぐちゃに掻き混ぜられて、すぐに爪先が真っ赤になるのが見えた。

「しらないならしってください」

赤い指先が此方に伸びてきた瞬間――、俺は飛び退くように道を駆けていた。

ミルクティーが派手に零れる。ダウンジャケットが濡れたが、構っている暇はなかった。

カツ、とヒールが踏み出す音がする。振り返る余裕は欠片もない。

「ゆなちゃん　ゆなちゃんゆなちゃんゆなちゃんゆなちゃん」

ペットボトルを投げ出して、俺は一目散にマンションまで駆けた。

パチンコ屋の角を曲がって、真っ直ぐに走って、走りながら鍵を取り出して、エントランスに飛び込む。

エレベーターを待ってる間は気が気じゃなかった。

階段は使う気にはなれない。夜中にアレに遭遇するのは、今から彼処に引き返すのと同じようなものだ。

乗り込む直前まで気を張っていたが、ヒールの靴音は聞こえなかった。少なくとも、俺の耳には。


「なんっだアレ……！」

扉を背に、玄関に座り込む。

上がった息を整えながら、俺は混乱する思考の中で、『友達から聞いた話』を思い出していた。

夜道で白いワンピースの女に会う話を、いつだったか聞いた気がする。

最近ではない。先日、同じ怪談を聞き流しかけた一件から、俺は友人の話をスマホのメモに残すようにしている。

記録を確かめた限り、直近の『怪談』にはその類いの話はなかった。

多分、だいぶ初めの方だろう。

それにしても。

「…………本当に起きる話なのかよ……」

俺は、あいつの話す怪談を一〇〇パーセント創作だと断じている。

怪異がこの世にいることをこの目で見ているし、このマンションに溢れる怪奇現象も知っている。

けれども、あいつの語る話は『ない』と思って聞いている。

『友達に聞いた話なんだけどね』が嘘だから、その後も嘘に違いない、と思っている訳ではない。あいつが虚偽の友達を挙げることと、怪談が嘘かどうかは関係がないしな。

それでも、俺はこの半年の間に聞いた全ての話を、創作だと思っている。

これはどうにも奇妙な感覚で、俺にも上手く説明出来ないのだが、どういう訳か聞いていていると分かるのだ。

隣人が語るあれらは、全くの創作である。

失踪して何処かで溺死した妹さんもいないし、奇怪な造形の妊婦の霊もいないし、死んだ同級生の声で話す犬が登校してくることもないし、ドアノブに人形が吊るされていたりもしない。

全部が全部、ただの作り話だ。

実話怪談ではなく、創作怪談というやつである。

だが、白いワンピースの女は現れた。多分、あいつが話したものと同じやつが。

「どんな話だったっけな……」

靴を脱ぎ捨て、額に手を当てながら小さく唸る。

もしも話の中で『出会った奴は死ぬ』だとか言われていたら、それすらも本当になるかもしれない。

一先ず汚れたジャケットは適当に拭いて、ベッドに腰掛ける。

遠慮なく座ったので、隅っこで膨らんでいた何かが床に落ちる音がした。が、放っておいた。

今はお前に構っている場合ではない。

友達から聞いた話なんだけどね、というあいつの声を何度か思い出す。

白いワンピース。

赤いピンヒール。

捩れた首。

すみえ ゆな。

異様な出立ちが目を引くが、語り口で一番手掛かりになるとしたら、『スミエ ユナについて聞く女』という部分だろう。

あいつの話で、固有名詞が出てくるものはあまりない。

名前が出てくるだけで絞れる筈なのだが、しばらく考えてみても、『スミエ ユナ』の方はピンと来なかった。

白いワンピース姿で赤いピンヒールを履いていて、首が捩れた女の話は聞いた覚えがあるのに、だ。

ちなみに、思い出せた限りだと遭遇しただけで死ぬような話ではなかった。

夜道で例の女に遭遇して、伸びた髪が前に垂れているのかと思ったら、首が捩れていた、と気づくだけの話だ。

だけ、つっても、十分怖かったけども。

「すみえゆな、ね」

取り出したスマートフォンに、とりあえず名前を打ち込む。音で聴いただけで漢字が分からなかったので、まずはひらがなのまま調べ、それから適当にいくつか当て嵌めてみる。『怪談』や『事故』なども共に入れてみたが、それらしいものは引っかかりそうになかった。

訳が分からん。さっぱり分からん。

そして、分からんことはさっさと忘れるに限る。

緊張と緩和のせいか、それとも脳にかかった負荷のせいか、眠気に似た感覚も来ていた。

このまま呑まれて眠って、起きてから考えた方がいいかもしれない。

そう思ってベッドに背を預けて目を閉じたその時、——インターフォンが鳴った。

目を開ける。

なんとなく、そのまましばらく天井を見つめてしまった。

下に来たのか。

扉の前にいるのか。

それとも、いつもの不調か。

どれか分からんが、どれでも嫌なことに変わりはなかった。

このマンションはオートロックがあるが、インターフォンにモニターがついてない。

誰が来たのか確かめるには、受話器を取って話すしかない。

寝っ転がったまま天井を見上げる俺には、立ち上がって玄関を確かめに行く勇気も、受話器を取る勇気も、ちょっとなかった。

音の名残すら消えてしまうと、もはや幻聴だったのかも、という気さえしてくる。

じっと、息を潜めるようにして待つ。

結局、その後は何もなかったが、俺は昼過ぎまで少しも眠れなかった。

＊＊＊

「なあ、前に話してくれた白いワンピースの女って、この辺であった怪談なのか？」

翌日、夕方。

妙な時間に寝たせいで妙な時間に起きた俺は、珍しく、自分からベランダに出て隣人へと話しかけていた。

普段は、用事がある時にはベランダの窓が叩(たた)かれる。どうやって叩いてるかは知らん。早く出すぎた時、伸びた腕がずるずると仕切り板の向こうに戻っていく様を見たことがある。知らん。

とりあえず、俺は十秒待ってからベランダに出ることにしている。

友人は怪異であるが、日のある内でも問題なく出てくる。にょろ、と口を伸ばしてきた友人は、俺の問いに不思議そうに答えた。

「神奈川のお話だから、此処（ここ）じゃないよ」

「……そうか」

神奈川なのか。あれは。

まあでも、都市伝説とかは各地で噂（うわさ）になるから、怪談も同じように場所がずれることはあるか？

いやでも、そもそも俺はアレが実際の神奈川で起こったとは信じていない訳で。信じていなかった訳で。

場所がどうとか以前の問題な気もする。

何処（どこ）からどう考えればアレに理屈をつけられるのか、さっぱり分からなかった。

思わず小さく唸った俺に、隣人は軽い調子で尋ねてくる。

「どうして？」

「……いや、昨日、お前が話してくれた怪談に似たやつと遭遇してさ」

素直に言っていいものか少し迷ったが、結局は特に取り繕うことなく事実を述べた。

この先、もしも別の話のやつにも遭遇するなら、対策くらいは聞いておきたいしな。

ふと視線を向けると、此方に伸びた管状の口の中から、目玉が覗いていた。

反射的に、視線を首ごとずらす。

間違いなく、視認してはならない分類のものだった。

逃げるように目を逸らし続けること数秒。

じっと此方を観察していた目玉が、するりと向こう側へと消えていくのが気配で分かった。

次いで、情を削ぎ落としたような機械的な声が響く。

「ちがうな」

「…………何が？」

「順番」

……何の？　と、聞く勇気はなかった。

どうやら、順番が違うらしい。

そしてそれは、隣人にとっては少しばかり、許容出来ないことのようだった。

カチ、カチ、と金属を叩き合わせるような音が隣から響いている。

何の音かはさっぱり分からなかったが、何処か威嚇音を思わせるような色をしていた。

居心地の悪さを抱えつつ、ただじっと言葉を待つ。迂闊に話しかけたら不味い、ということだけは何となく分かっていた。

話しかけてはいけないタイミング、についてはかなり察しの良い方だという自負がある。対母親と前職の上司相手に培った技術だ。

ちなみに、関係が最悪のまま続くと、『どんな状況だろうとこっちが話しかけた時点で機嫌が最悪になるパターン』に収束する。こうなったら終わりである。

終わりたくはねえなあ、と思いながらじっと組んだ指の先を見下ろしていると、数分後にベチ、と仕切り板を叩く音が響いた。

大袈裟(おおげさ)に肩を跳ねさせた俺の隣で、隣人はややつまらなそうに呟(つぶや)いた。

「知りたいなら、イノヒラに聞くといいよ」

「何を」

「スミエ ユナ」

伊乃平(イノヒラ)、というのは神藤(カンドウ)さんのお兄さんのことである。

隣人は俺のことを、お兄さんに雇われて此処に来たと思っている。だから、伊乃平さんの名前が出ること自体は別に不思議なことでもなかった。

隣人は、神藤さんの存在を認知していない。俺にはよく分からないが、何かしら理由があって、そうなっているのだろう。

「別に、そこまでして知りたい訳じゃないんだが……聞いておかないと不味いとか、あるか？」

「ない」

あんまり、なさそうな声音じゃなかった。

多分、嘘をついている。

仕方がないので、俺は神藤さん経由で聞いてもらえないか、メッセージを送ることにした。

＊＊＊

後日、神藤さんからはメッセージアプリのスクショが送られてきた。

どうやら、スミエ ユナはこのマンションの住人だったようだ。

『澄江由奈（スミエユナ）？』

『七〇五号室の住人』

『五年くらい前からいるかな』

『当時小四とかだったか』

『元々は母親と二人暮らしだったね』

『しばらくして母親の彼氏と二人暮らしになった』

『そんで今は一塊になってる』

『母親込みで』

分かるような、分からないような。なんとも言えない説明だった。

ただ、七〇五号室の扉が開いているのには何かしらの意味がある、ということだけは分かった。

あの真っ暗闇の向こう側に、三人ともまだいるのだろう。

もう一度調べてみたが、やっぱりそれらしいニュースは出てこなかった。

『知ってる人』

「友達から聞いた話なんだけどね」

　小学生の頃の話だ。

　友達の学校近辺では一時期、妙な不審者が出ていたらしい。

　日頃から、『知らない人についていってはいけません』とは言われていた。

　けれどもその不審者は、毎回知ってる人の顔をしているのだそうだ。

　声をかけられた生徒が言うには、両親や親戚、あるいは担任や友達の保護者といった、『身近な大人』の顔をしていたらしい。

　ただ、体格が元の人間と異なるので、すぐに変だと気づいて、ついていくような子はいなかったそうだ。

　身体(からだ)つきは一八〇センチを超えている痩躯(そうく)の男性なのに、お母さんの顔をしていたりする訳だ。そうして、少し離れた場所で何やら一言だけ言って、じっと立って待っているらしい。

保護者からの連絡を受けて、学校は一先ず『知ってる顔の人にはついていってはいけません』と、不審者情報の手紙を配布した。

どう考えてもおかしかったが、警察に対応してもらっても状況が改善しなかった以上、出来る対応はこのくらいしかなかったようだ。

奇怪な不審者は、子供たちの間ではあっという間に妖怪だとか都市伝説だとかと同じところに分類された。

複数人で帰るのが大事だ、という話が、いつからか当然のように広まったそうだ。

「多分、一人を相手にしないと顔が決めらんないんだろうな」

「騙すつもりなのに頭が悪いから身体は無理なんだよ」

「能力が低いのかもね」

仲間内の何人かは、得意げに拙い分析をして楽しんでいた。

口裂け女に出会ったらポマードと言うように、カシマさんの問いかけに正しい答えを返すように。

『知ってる人』には複数人でいれば遭わないし、ついていかなければ何も問題はない。

そんな風に、『知ってる人』は対応さえ間違えなければ追い払える怪異として扱われた。

教師陣や保護者の方は頭を悩ませていただろう。

子供たちが楽しんでいるだけの噂話ならいいが、実在する上に、どう考えても人間ではあり得ない類いの不審者だ。

ついていかなければ問題はない、なんて解決法も、何処までが本当かすら分からないのだし。

友達も、何度か先生たちが集まって会議をしているところも見たらしい。

まあ、最初のお知らせ以外に対応らしきものがあった記憶はないそうだが。

そうこうする内、噂と注意喚起が回ってから、二月ほど経った。幸いにも、友達はその不審者に遭遇することはなかったそうだ。

その時期になると、『遭った』と主張する奴の大半は嘘だった。

お調子者は必ず『知ってる人に遭ったよ』と言い出したし、噂好きの女の子たちは数人集まればくすくすと笑いながら『知ってる人』の話をした。

本当に遭った奴と、そうでない奴を見分けるのは割と簡単だ。

『知ってる人』に声をかけられた時に何と言われたのか、誰一人として思い出せないのだ。

嘘をついている奴はそこに適当な台詞を入れる。だから分かる。まあ、分からないふりをして話していた奴もいたかもしれないが。

怖い台詞があった方がそれっぽいものだから、大抵の奴は他の怪談話から拾った台詞をそこに差し込んだ。

『知ってる人』が本当は何と言っているのか。それを知った奴は、無条件で英雄になれる。

友達のクラスでは、そんな空気が流れていた。


その当時、友達にはよく一緒に帰っていた男の子――Sくんという幼馴染がいたそうだ。

趣味が違うせいか、付き合いの長さの割に二人で遊ぶことは少ないが、別に仲が良くない訳でもなかったという。

家も斜向かいで、最後まで一緒に帰れるので、この頃は都合が合えばずっと一緒に帰っていた。

そんなSくんがある日、友達にこっそりと教えてくれた。

「あのね、『知ってる人』がなんて言ってるか、ぼく、覚えてるんだ」

友達は最初、素直にびっくりしたらしい。それは、Sくんの言葉自体にではなく、Sくんがそんなことを言い出すことに、だった。

Sくんは友達の知る限り、随分と気弱な男の子だった。

怖い話なんて大の苦手だし、不審者に出会ったら真っ先に親や先生に泣きつくタイプだ。

こんな風に、何処(どこ)か誇らしげに教えてくれる筈(はず)がない。当然、嘘だと思った。

この間は一緒に帰れなかったから、冗談でこんなことを言い出したんだろう。

笑いながら茶化(ちゃか)そうとしたところで、Sくんは嬉(うれ)しそうな声で言った。

「『いいよーって言って』って言うんだ」

友達は反射的に、聞かない方がいい、と思ったそうだ。

これは聞かない方がいい話だ、と確信した。けれども、どうやって話を遮ればいいのか、
当時の友達には分からなかったらしい。

聞きたくはないが、口を挟めない。そういう空気だったのだという。

Sくんはいつになく興奮した様子で、ランドセルの肩ベルトを握りながら続けた。

「『いいよーって言って』って言われるの。知ってる人に。それで、いいよー!って言うと、
いいことになるんだ」

「いいこと?」

「いいよーって言ったら、いいってことでしょ?　僕がいいよって言ったから、いいことに
なったんだ」

全く説明になっていなかったので、よく分からなかった。

でも、何か、いやなことを聞いている、という意識だけはあった。

「だからね、今はお母さんがいるんだ！」

Sくんは本当に嬉しそうだった。心底、喜びに満ちた声だった。これまでに見たこともないほどに明るい笑顔だった。

彼はそのまま、友達の言葉を聞くことなく自宅の門へと駆けていってしまった。

だからね、の意味はやっぱり、さっぱり分からなかった。

その方がむしろ有り難かったかもしれない。

Sくんのお母さんは、半年前に出ていってしまった、と聞いている。落ち込みようがすごかったから、友達もよく覚えていた。

最近ようやく元気になって、安心していたのだが。


喜んで駆けていった門の奥には、Sくんのお母さん——らしきものが立っていたそうだ。

女性にしては随分と背の高い、痩せた男の身体に、確かにSくんのお母さんの顔がついていた。

随分と、優しい顔をしていたそうだ。

「――――怖かった？」

「……おう、怖かったよ」

都市伝説って怖いよな。俺が子供の時には何が流行っていたか、もう忘れたが。

きさらぎ駅とかだったかな。そもそも輪に入れてもらったことがないから……この話やめとくか。切ないもんな。

それにしても。いいよー、って言って、とお願いしてくる怪異か。まあまず、よくないんだろうな。何も。何一つよくないんだろう。

許可を求めるタイプの怪異なんて、タチが悪いに決まっている。ブラウザのプッシュ通知許可を悪用した詐欺ぐらいには悪い。

ただ、この場合は、Sくんにとっては本当に良かった、ということも有り得るパターンだ。

俺の予測が正しいなら、その『知ってる人』は、顔を使っている内に、その顔に縁のある人間から『了承』を得ようとしている。

Sくんは『いいよ』と言ったから、『いい』ことになったのだろう。

恐らくは、顔を使ってもいいことになった。

元の母親が戻ってきた訳ではないだろうが、Sくんにとってはそれでも十分だったんだろう。

……これ、どちらかというとSくんが成長して中学生とか高校生とかになってからのが怖くないか……？

「……その友達は、Sくんからその後の話聞いたりとか、してないのか？」

「うーん。どうだろう」

何となく先の方が気になって尋ねた俺に、友人は緩く唸(うな)った。

別に濁すつもりはないが、特に答えを用意している様子でもない声だった。

架空だと思っているのに尋ねてしまうのは、単に大多数にとっては良くない存在でも、Sくんにとっては良いものになったんだといいな、と願ったからに過ぎない。

白いワンピースの女と遭遇してからも、俺は変わらずこいつの話を創作だと思っている。

ただ、これはあくまで感覚的なものでしかないので、本当は違うのかもしれない。

本能的な忌避感によって受け入れられていないだけ、ということも有り得る。

何にせよ、深追いしても良いことはなさそうなので、俺は今日も話半分くらいに聞いている。半分な上で、ちょっと気になったので聞いてしまったりしている。

「せっかくならさ、そのまま仲良くやっててくれたりしないかな」

「なかよくぅ？」

「……いいことになったんなら、その後もずっと良い方が良いだろ？」

「うー……ん？」

隣人は、何だかよく分からない味のものを食べたみたいな声で唸っていた。

まあ、十中八九良くないことは俺だって分かっているので、リアクションについて思うところはない。多分、というか間違いなく、Ｓくんの家は碌でもないことになっただろう。

でも、俺が勝手にハッピーエンドを願う分には自由だ。

「ずっと仲良かったら、怖くなくない？」

「……………そりゃお前、そういう時は、『そんなお母さんと仲良いＳくんが怖いね』って話にするんだよ」

身も蓋もねえこと言いやがる、と思ったせいで、つい呆れのままに口にしてしまった。

仕切り板越しに、くふくふと楽しげな笑い声が聞こえる。

しばらくして、細い金属音みたいな笑い声に変わったところで、笑い混じりに呼びかけられた。

「タカヒロ」

「何」

「いいよー、って言ってよ」

「……………」

仕切り板の端から、ぐにゃりと曲がった管のような器官の先端についた目玉が俺を見つめていた。

知らず、眉間に皺が寄る。ベランダ用のサンダルで、板を軽く蹴っ飛ばしておいた。

「やだよ」

乾いた喉から、なんとか声を絞り出すようにして吐き捨てる。

それを聞いた隣人はと言えば、やはり、くふくふきしきしと笑って、なんだかご機嫌に挨拶をして戻っていった。

隣の部屋の窓が閉まる音を聞いてから、俺はその場で盛大に白い溜息を吐く。

特に意味もない、揶揄いの類いのそれである。

あるいはお遊びのそれである。でも、乗っかったら最後なのは間違いがない。

「………まったく、碌でもねえよな」

寒空の下で用もないのに立ってるのも馬鹿らしいので、俺はさっさと室内へと戻った。

クリスマス

「タカヒロ、くりすますどうする?」

「はっ?」

十二月中旬。出勤前、午後九時。

短い怪談だと良いなあ、なんて思いながらジェル式の湯たんぽを抱えていた俺に、隣人は突如として妙なことを言い出した。

くりすます?
・・・・
くりすますって、クリスマスのことか?

どうするって、あれか?

俺がクリスマスに予定入ってるか、確認してんのか?

思わず阿呆面で仕切り板側へと目を向けてしまう。視界の端で、真っ黒に爛れた長い指が
なんだか楽しげに揺れていた。

「ちきん、食べる？」

「チキン」

「あと、けぇき」

「……え、一緒にって話か？」

「？　別に一人で食えば良いよ。くりすます、する？って話」

「する、っても何も……」

それは一体、何のための確認なんだ？

混乱し切ったまま言葉に詰まった俺に、隣人は何処かうきうきしたような声で続けた。

「タカヒロがくりすますやるなら、贈り物するよ」

「…………何くれんの？」

「ないしょ」

「内緒かあ……」

聞きたいことは山程あったが、それらが俺の口から出ることはなかった。

お兄さんからは、此方（こちら）から『手作りの食べ物は渡すな』とは言われている。だが、向こうから何か贈られる場合については何も対応を聞いていなかった。

断ったことで気分を害した方がよろしくないのか、機嫌伺いで受け取った結果、よろしくない贈り物が来るのか。俺にはちょっと判断がつかない。

「いる？」

十秒ほど、対応に迷って黙り込んでしまう。

妙に空いた間を気に留めた様子もなく、あいつはあくまでも明るい声で言った。

「大丈夫だよ」

「……おう？」

何やらあれこれと警戒しているのが、態度に出てしまっただろうか。

身構える俺に、隣人はなんてことはない声で告げた。

「タカヒロはいい子だから、ちゃんとプレゼントが貰えるんだよ」

今度は数十秒の間が空いた。

対応に迷った、訳ではない。面食らった、というのに近い。

だが、俺は自分で思うよりもずっと早くその言葉をきちんと噛み砕いて受け止めたし、抱えたし、なんなら大事な場所に置きかけてしまった。

そこまでではないだろう、と思い直したけれども。

いや別に。自分がプレゼントを貰うに値するかどうかは、特に考えてなかったけど。

この場合、考えるべきはそこではない。そんなことを心配した覚えもない。多分。

なんとなく、抱えた湯たんぽを殴る。

何かにぶつけでもしないと、どうにかなりそうだった。

湯たんぽがあって良かったなあ、と心底思った。

「もう、いい子って歳でもないけどな」

「うん？　そう？」

心底不思議そうに呟いた隣人が、ぼんやりと言葉を重ねる。

「タカヒロはまだ子供に見えるよ」

「そうかあ？」

今度は俺が首を傾げる番だった。

けれども、それ以上突き詰める必要もない疑問なので、納得はいかないながらも何となく頷いておく。

まあ、人間じゃないものから見れば、二十歳なんてまだまだ子供なのかもしれない。

ただ、『いい子』かどうかについては、やっぱり首を傾げたままだった。

俺がもし本当にいい子なら、もっと全てが上手くいっていたような気がする。何もかもが良くなって、どうにかなったような気がする。

それに。クリスマスにおける良い子というのは要するに、生まれてきて良かった子のことではなかろうか。

「くりすますは窓の鍵開けておいてね」

「ああ、そっから来るのか…………来るのか!?」

「だって、プレゼントは枕元にないといけないんだよ」

「いや、まあ、そうだろうけど……ベランダに靴下吊(つ)るしておくから、そっちがいいかな俺は……」

俺は知っている。隣人は間違いなく、俺の部屋の窓まで腕を伸ばすことが出来る。

当然、それ以上に伸ばすことだって出来るに決まっているだろう。そんなことは分かっている。

だが、それを目の当たりにしたいかどうかは別だった。

そんな事実を聞かされた上で、黙っていい子で寝ていられる気もしない。

出来ればそうなるといいな、くらいの気持ちで要望を口に出すと、隣人は少し迷ってから言った。

「いいよ。じゃあ、楽しみにしててね」

どうやら要求は無事に通ったらしい。思ったよりも深い安堵(あんど)の息を吐きかけて、慌てて飲み込む。

心の底からホッとしてしまったのは、勝手に鍵を開けるような手段はない、と示されたからかもしれない。

何はともあれ、俺は靴下を買わねばならなくなってしまった。クリスマス用に。

そんなん、これまでの人生で一度もやったことないぞ。クリスマス用の靴下ってなんだ？

まあ、ともかく。

今年はどうやら、真っ黒の爛れたサンタさんが、俺のために何かを用意してくれるらしい。

嬉しくない、と言ったら嘘になる。だが、それ以上に『何をくれやがるつもりなんだ……』が勝った。

割合で言うなら、後者が九割四分くらいだった。

一体、何をくれやがるつもりなんだ。先に教えてくれ。いや、やっぱり知りたくないな。

「ちきんも食べる？」

「……まあ、せっかくだから買ってくるかな」

クリスマスはどうせコンビニのバイトに駆り出される。普段と勤務時間が違うのだが、他の人たちはそれぞれ付き合いやらなんやら予定が入っているようで、頼み込まれて断れなかった。

残ったチキンとケーキを買って帰るだけでも、十分にクリスマスらしいと言えるだろう。

俺の答えを聞いた友人は満足そうに何やら呟くと、怪談を話すこともなく部屋に戻ってしまった。

おいまさか、本当に予定聞きに来ただけなのか。……そんなことあるのか？　まあ、ある？のか？

なんとも言えない気持ちを抱えつつ、俺はとりあえずバイト先へと向かった。

＊＊＊

今の時期だと、退勤後も空は暗いままである。

最初は『深夜帯に仕事しとけば、怪談聞くのも昼間になるかな』と思って始めたのだが、結果として言えば出勤前に聞く羽目になったりするので、そんなに意味はない。

加えて言えば、この時期だと暗い中でこのマンションに帰ることになるので、あんまりよろしくもない。

まあ、決めたのは俺なので特に変えるつもりもなかった。

店長は正直、爺（じい）さん――矢向（ヤムカイ）さんの代わりをずっと探しているようで、シフトを増やせないかと聞かれたりもするが、あれこれと言い訳をして断っている。

俺が部屋にいない日が増えるのは基本的には良しとされないので、出来ても週三日くらいが限度なのだ。

もしも無理を言われるようなら、別のバイトを探すだけである。

半年前は税金払うだけで目眩(めまい)がしてたのに、随分と気楽になったもんだな。

一人でこのまま暮らすだけならなんの問題もない。どころか、貯金すら出来ている。まあ、貯(た)めたらまた現れそうな気がするのだが。一種の妖怪だろもはや。

なんて、脳内でぼやきながらエレベーターに乗り込んだ瞬間、ブザーが鳴った。

「…………」

こういう時は、一旦素直に降りる。

扉が閉まって動き出すまで待ってから、再度上階へのボタンを押す。

すると大抵、閉じたエレベーターは五階に向かって、しばらくすると戻ってくる。

上でかかる時間はまちまちだ。すぐに戻ってくることもあれば、何に手間取ってるのか、いくら待っても戻ってこないことがある。

まあ、少なくとも待ってさえいればやってくるので問題はない。

人間以外の何かが乗っていたことも、少なくとも俺の目から見ればない。

今日はちょっと遅い方だった。

五階で止まっているエレベーターを待っている間、なんとなくクリスマスについて調べる。

ネットは便利だ。大抵の『普通』が転がっている。

それがある種の理想であり幻想であり、到底『普通』で収まるものではない場合でも、少なくとも一般的な生活の形は知ることが出来る。

この世で一番恐ろしいことは、自分が『おかしい』と分からないことだ。自分の世界が間違っていると気づけないことだ。

俺は小学校に上がってからようやく、どうやら自分の家はおかしいらしい、と気づいた。

当時、とある年配の先生が随分と熱心に俺の面倒を見てくれようとしたおかげで、（その結果としてあの人はもっとずっと巧妙に、悪質になった訳だけども）少なくともおかしいことには気づけた。

結局、そこから先の具体的な解決は叶わなかったが、別にその先生のせいじゃない。むしろ、随分と良くしてくれたものだ。

だって、児童に古着とかくれるし、学校の洗濯機も貸してくれたんだぜ。いい先生だったと思うよ。

ただまあ、俺が先生——というか他の大人と関わりすぎるとあの人が更におかしくなるから、俺にとっての『先生』はずっと、公民館の無料ネットだった。

当時、近所の公民館には資料検索用のパソコンのようなものが置いてあって、申請も何もせずにちょっといじればネットにアクセス出来たのだ。

俺はそこで、『普通』というものを調べた。ガキだったから知識も偏ってたし、嘘も嘘だと見抜けてなかっただろうし、多分どうしようもなく拙い調べ方だったと思う。

それでも調べている内に、それなりに人としての体裁を取り繕えるようにはなった。

ネットが出来る場所だけはないと駄目だ、と思っていた。あの人は機械のことはてんで分からないので、人間相手なら駄目なことでも機械相手に聞いてる分にはバレないのだ。

いやまあ、高校の時に一度、携帯ぶち壊されたけど。あれはたまたま機嫌が悪かったんだよな。

あの人に知られずに済ませなければならないことが多すぎるのに、あの人の許可がないとどうにも出来ないことがそれ以上にあった。

高校の時の友達の、『お前マジでよく生きてたなあ』という声を思い出して、なんとなく笑ってしまう。

別に死ぬほどの状況に置かれたことはない。小さい子供を死なせた母親というのは、どうしたって周囲から責められるからだ。

あの人はそういう、真っ当な大人から叱られる状況を何より苦痛に思う人間だった。

『プレゼント　ワースト』とかで調べている内に、エレベーターが戻ってきた。

乗り込んで、七階のボタンを押す。

通り抜ける時、五階はやはり真っ暗だった。

五階について、短期入居者の人がたまにエントランスで管理人さんに尋ねているのを見かけたりするのだが、『あの階は配線が駄目なので修繕の予定ないですし、そもそも貸してないんですよー』という答えが返ってくる。

半年の間に二回ほど聞いた覚えがあるが、ほとんど同じトーンだったので、毎回そう伝えているのだろう。

管理人さんは柔和で明るく丁寧で、とてもいい人だが、本当にきっぱりと事務的である。そのくらいでないとやってられないのだろう。こんなところの管理人なんて。

エレベーターを降りる。

七〇五号室の扉が開いていた。

「……………」

全開である。

ただ、エレベーターを降りた位置からは、まだ扉の表側しか見えない。

この階は廊下に一号室から四号室まで並んでいて、突き当たりに五号室の扉がある。

自室である七〇二号室の扉の前に立つと、ちょうど右を向いた際には玄関から奥がほとんど見えてしまう訳だ。

だから俺は廊下に出て扉が開いている時には、出勤以外のくだらない用事なら、一旦見なかったことにして部屋に戻ることにしている。

在るのはただの暗闇でしかないのだが、どう考えたって只事ではないので、見ないフリをするに限るのだ。

今回に関しては、見ないフリで一旦降りてマンションを出て何処かで時間を潰す、という訳にもいかない。

エレベーターが五階から戻ってくるのが遅かった、というのが、どうもネックだった。

決めた。

素知らぬ顔で部屋に入ってしまおう。

視線を足元に固定しつつ、自室の扉の前に立つ。

待ってる間に鍵を取り出しておかなかったことを心底悔やみながら鞄を漁ったところで、俺の耳が何かしらの声を拾った。

濁った呻き声だ。
警戒心から、考える間もなくそちらを振り向く。
七〇五号室の玄関の奥。
暗がりの中に、真っ白な顔が浮かんでいた。
血の気の失せた少女の顔である。
多分、あれが『澄江由奈』なのだろう。
妙なのは、浮かんでいる位置だった。
切り取られたような四角い真っ暗闇の中で、少女の顔は随分と高い場所に浮いていた。
思わず、鍵を取り落とす。
かしゃん、と、硬質でちゃちな音が、静まり返った廊下に冗談みたいによく響いた。
目が合っている。
瞬きもせずに此方を見つめる少女は、小さな口を開きかけ、

ドンッ

そこで俺の後方から聞こえてきた鈍い打撃音に、怯えたようにぴたりと口を閉ざした。

なんなら、俺も一緒にビビった。反射で思いっ切り振り返った。

七〇一号室——つまりはあいつの部屋から、玄関扉を内側から叩く音が響いたのだ。

一度きりだった。

鈍い打撃音が響いた廊下は、それきりすっかり静まり返っている。

「…………」

キィ、と掠れた音が聞こえたので恐る恐る振り返ってみると、七〇五号室の扉はすっかり閉ざされていた。

閉じた扉の向こうで、確かに鍵のかかった音がする。

幽霊って鍵かけるんだ……なんて思ったところで、俺はようやく落とした鍵のことを思い出した。

足元の鍵を拾って、差し込む。

元よりあまり回りのいい鍵ではないのだが、震えのせいか開錠は更に覚束なかった。

それにしても。

どうして、急に見えるようになったのだろう。

これまでは真っ暗闇しか見えなかったのに。

考えることしばらく。無事に帰宅して後ろ手に鍵をかけながら、俺はふと思い至った。

「あー……知ったからか……」

なんとも簡単な答えだった。

あれは別に今日突然に現れたものではなく、ずっと前から、開いた扉の向こうにはあの子がいたのだ。

俺には見えていなかっただけで。

あの子はずっと、此方を見ていたのだ。

「…………………」

なんとも言えない気持ちになったので、俺はとりあえず別のことを考えることにした。

クリスマスの靴下のこととか。

あとは、クリスマスの靴下のこととか。

それから、まあ、クリスマスの靴下のこととかをな。

……そういやあいつ、なんかすごい怒ってたな。

「…………………」

通販サイトをしばらく巡って、とりあえずでっかい靴下を一足注文しておいた。

『写真』

「友達から聞いた話なんだけどね」

　高校生の頃の話だ。

　当時、仲間内に『道端の写真にいたずらをする』のが趣味の奴がいた。

　例えばガラス戸の付いていない掲示板に貼られたポスターやら、電信柱に貼られたペットを探す張り紙やらに落書きをしたり、勝手に連絡先を塗り潰したりする。

　あまり趣味のいい遊びとは言えない。

　だが、そいつは自分が面白いと思えばなんでもやる奴だったから、止めても無駄だった。

　飽きて別の遊びに興味が移るのを待つか、自分たちが怒られないで済むように無関係を装うか。対応としてはその程度のものだった。

　真剣に言い合ってまで止めてやろう、なんて奇特な奴はいない。マジになるのはダサい、というやつだ。

ただ。友達は一度、『行方不明の子』を探す張り紙に悪戯をした時だけは怒ったそうだ。

結局やめなかったようなので、友達はそいつとは距離を置いたらしい。

高校は意図して離れた場所を選んだから、友達の妹のことを知る奴は一人もいなかった。

知らないのだから真剣に受け止めなくたって仕方がない。まあ、知ったとしても悪ノリが過ぎて茶化すような空気になったかもしれないが。

ともかく、友達はその当時の仲間とは離れて、別のグループの奴と過ごすようになった。

これ以上嫌な思いをして仲の良かった奴を厭う羽目になるよりは、嫌いになる前に距離を取った方が良いと思ったのだ。

その悪趣味な友人――Fとしよう――は、それからも懲りることなく悪戯を続けていたそうだ。

冷めた態度を取られたことでムキになった、というのもあるかもしれない。

高校生にもなって馬鹿みたいな話だが、どうにもそういう馬鹿をやらかす奴だったのだ。


それからしばらくした、とある日。

Fが随分と怒った調子で、席に座る友達のもとまでやってきた。挨拶もそこそこに、肩を突き飛ばしてきたらしい。

何すんだよ、と声を上げたが、Ｆは「お前の仕業だろ」と喚くばかりで碌に説明をしようとはしなかったそうだ。

お前の仕業だろ。陰湿な嫌がらせして。サイテーだな。

Ｆは、そのような言葉を捲し立てていた。

何を言っているのかさっぱり理解出来ない。あまりにも分からないものだから、段々此方の怒りは収まってきてすらいた。

そうして、友達が本当に何も分からずに呆けた顔をしていると、Ｆは苛立ちのままに鞄からクリアファイルを取り出し、机に叩きつけた。

膨らんだクリアファイルから、無数の写真が飛び出て広がる。

その全てが、Ｆの写真のようだった。

一目で判別出来なかったのは、写真に写る人物の顔が、全て丁寧に塗り潰されていたからだ。

油性ペンなどではなかったそうだ。もっと粘ついていて、例えば、真っ黒い泥を擦り付けられたような跡である。

何十枚と並ぶ黒く塗り潰された写真は、かなり異様な光景ではあった。

「いや、」困惑のままに写真を見下ろす。「俺じやねえよ」

ごく真っ当な弁明だった。

それはそうだろう。ばら撒かれたそれの中には、どう見ても三歳前後のＦらしき写真もあったのだ。

それこそ家族のアルバムにでも入っているような写真を、わざわざ持ち歩く筈もない。

あの一件以来交友もないので、友達がＦの家に上がることだってない。

一体どうやって、全くの他人である人間が、自宅で仕舞われているような写真に悪戯をするというのか。

困惑のままに呟いたものの、Ｆには聞き入れる様子はなかった。

「××な訳ないって、分かってんだろ。もう戻ろうぜ」

「やめとけよ、おかしいってお前」

「家族にちゃんと謝れば良いだろ。××は関係ないじゃん」

友人たちも口々に言って、なんとかＦを宥めようとしていた。

結局、散々喚いて疲れたらしいＦは、写真をそのままにして教室を出ていってしまった。

聞いたところによると、Ｆの写真がこうなっていたのに気づいたのは一週間ほど前のことらしく、アルバムを見た母親にこっぴどく叱られたらしい。

状況が状況なので、Ｆ以外に犯人はいないと見做された。

高校生にもなって何やってんのよ、と怒鳴りつけられ、小遣いも減らされ、話を聞いた父親からも渋い顔で説教されたそうだ。

至極真っ当な対応だと言えるだろう。

思い出の写真なんて大切なものだ。管理状況によっては、元の写真はもう取り戻せない恐れもある。

気の毒に思ったが、犯人扱いされたことは素直に不愉快だった。

そのあと妙な噂まで流されたが、あまりにも突拍子のない言い掛かりだったため、信じる者はいなかったそうだ。

当然だろう。勝手に家に上がり込んで、その上アルバムのＦの写真の顔を全て丁寧に塗り潰すなんて、どう考えても不可能である。

恐らくだが、Ｆは悪戯がどんどんエスカレートしていった結果、『手を出してはならないもの』にも落書きをしてしまったのだろう。

それが何かは分からない。喚いているＦはあまりに支離滅裂だったし、到底事情を聞けるような空気ではなかったし、そもそも聞きたいとも思わなかった。

ともかく。その時点で、Ｆと友達の間に芽生えていた友情は取り返しがつかないほど崩れてしまった。

良いところもある奴だったのに、と懐かしむことが、今でもたまにあるそうだ。

ただ、記憶を辿るたびに、どうにも気になる点があるらしい。

顔が全く思い出せないのだ。

付き合いがなくなって、時間が経ったから忘れてしまった、というのもあるかもしれない。

そう思った方が余程自然だ。恐らく、事実は違うのだろうけれど。

卒業アルバムでも、Ｆの顔は塗り潰されていた。

最初は学校にあれこれと問い合わせがあったらしいが、じきに何処からも来なくなったらしい。

Ｆとはそれきり口も利かなかったが、共通の友人曰く、今でも印刷した写真に関しては、時折顔が塗り潰されているそうだ。


「――――怖かった？」

「んー、まあ。やっぱり、触れたらいけないものってあるよな」

絶賛、その類いの隣で怪談を聞いている訳だが。今更な話には触れずにおこう。

とりあえず、影響が印刷した写真だけで済んで良かったよな、と思う。いや、済んではいないんだが。話を聞く限り、デジタル画像なら大丈夫そうだし。生きてはいるし。

そもそも、軽率に手を出したら不味いようなものに悪戯をして、その程度で済んでいるだけでかなり幸運なんじゃなかろうか。

そんな風に思って一人頷いていた俺の視界に、にゅ、と何かが差し出された。

緩く反った、ハガキサイズの紙である。ちなみに、裏側を向いているので俺から『写真』は見えていない。まだ。

「あげる」

「…………受け取らんと駄目か」

「怖い？」

くふくふと掠れた笑い声が響くので、俺は何だか悔しくなってそれを引ったくった——というのは虚勢であって、正しくは指先で摘んでそっと受け取った。

だってよ。小道具を出してくるのはずるいだろ。

そういうのは一番のズルじゃないか。写真が出てきたら怖いに決まってるだろ。

「見る？」

くふくふ、きしきし。楽しげな笑い声が響いている。

見る必要なんて微塵もない。そんなことは分かり切っている。

だが、俺はある種の意地だけでもって、それを裏返した。

写真は暗かった。

薄暗い畳の部屋の中で、白っぽい足が立っている。

上半分が現像に失敗したのか真っ暗で、碌に見えない。故に、あまり怖くもない。

「Ｆくんの写真じゃねえのかよ」

思わず突っ込んでしまった。

それはそうか。Ｆくんは架空の存在なんだから、架空の存在を撮った写真が出てくる筈もない。

……いや、違うな。顔が塗り潰されているのだから、誰だろうと関係がない筈だ。

適当に顔を塗り潰した偽物の写真を、Ｆくんとして出すことだって出来る。

その方が怖いと思うんだが、どういう訳か、俺の手元には話とは無関係の写真があった。

「……これ、何の写真なんだ？」

「足」

「いや、足なのは分かる」

そんなんは見れば分かる。誰が見ても分かるくらいには足だ。

俺が見る限り、少年の足だろう。膝の辺りまで肌が見えているので、短パンか何かを穿いている筈だ。

畳の部屋で立っている、少年の写真。それ以上の情報はない。

「足だよ」

どうやら、これ以上答えてくれるつもりはなさそうだった。

はあ、とか、うん、とか、適当に相槌（あいづち）を打つ内に、就寝の挨拶になる。

「おやすみ、タカヒロ」

「ああ、おやすみ」

写真を手にしたまま、部屋へと戻る。そのままゴミ箱に手を伸ばしたところで、俺は一旦動きを止めた。

これはどう見ても、保管しておきたくない類いの写真だ。だが、保管しておくことに意味が生じる写真ではある。

例えば、あいつが急に『前にあげた写真どこ?』と聞いてきた場合、捨てていればアウトである。

もしかしたらセーフになるかもしれないが、そんなギリギリのストライクゾーンを攻める気にはなれなかった。

写真を片手にうろうろと室内を彷徨（さまよ）ってから、とりあえず、キッチンの使っていない棚に入れておく。

普段目につくようなところには置きたくなかった。

心霊写真というのは、別に写真自体を怖がる必要はないのだという。

持っているだけで呪われるような写真は、存在しないのだと、有名な怪談師も言っていた。

らしい。本当に。

害獣だって、写真で見たら可愛いもんである。

だからつまり、怖がるべきは捉えられた『現象』なのだろう。

写真はあくまでも、写真でしかないということだ。


俺はその日、いつもより家鳴りに怯えながら眠った。

＊＊＊

さて、数日が経ち。

やってきたクリスマスの朝、俺は無事に隣人からのプレゼントを受け取った。

睡眠薬まで使って寝たのだ、いい子っぷりは十分と言えるだろう。

起床した俺はのろのろとベランダへ出ると、洗濯物を干す用のポールに雑に引っ掛けていた靴下を取り、室内へと持ち込んだ。それなりに重たい。

人生初のプレゼントである。寝起きのせいか、怯えと期待が八対二くらいだった。

このままのぼんやりした気持ちで受け取らないと、一生取り出せない気がする。

そう思ったので、俺はなるべく意識しないように努めつつ靴下を漁った。

結論から言おう。

餅だった。

もう一度言おう。

餅である。

鏡餅を貰った。生餅である。恐らく。

見慣れないので正しく捉えられているか分からないが、俺の目が正しいなら、餅であった。

ご丁寧にも、ちょっと良さげな紙に包まれている。

「……………」

まさか、食べ物を貰うとは思っていなかった。

あげるのは駄目だと言われた訳だが。貰うのはどうなんだ。本当にどうなんだ。

きりっと冷えた冬の旭光の中、俺はでっかめの鏡餅を抱えて、しばらく困惑していた。

十分ほど考えてみたが、どうすれば良いのかさっぱり分からない。仕方がないので、俺はやや狼狽(うろた)えながら神藤(カンドウ)さんに相談した。

ちょうど、年内最後に顔を合わせよう、というタイミングだったのだ。

実物を見せた方が早いかと思って餅を持参した俺に、神藤さんは困惑しながらしばらく餅を確かめ、『餅だね……』と呟(つぶや)いた。

とりあえず、『素手で触るとカビが生えやすいからよくないよ』という言葉を頂戴した。アルコールで消毒しておくのも良いらしい。まあ、これの場合はお酒とかの方が良いかもしれん。

風通しの良い場所に置いておいて、年明け十一日に食べる——そうだが、当然、此処(ここ)で疑問が生じる。

これ、食べてもいいのか？問題である。

鏡餅というのは神様をお迎えして、送り出した後にお下がりの餅を食べて息災を願う、というものである。

俺はそもそも正月らしい正月を過ごしたことがないのでピンと来ないのだが、ともかくめでたい行事だ。

そんな行事を、隣の謎のヤバい怪異から貰った餅で行っていいものだろうか。

さっぱり判断がつかなかったので、毎度のようにお兄さんに連絡を取ってもらった。

「ここまで頻繁に連絡を取るなら、直接やりとりしてもいいだろうにねえ」

神藤さんは何処か呆れた調子で呟きながら掛かってきた電話に出ると、通話口で大笑いするお兄さんの声から耳を遠ざけた。

笑ってらっしゃる。俺がそこまで隣人と仲良くなっているのが、お兄さんには面白いらしい。

眉を寄せたまま、あれこれと言葉を交わした神藤さんは、溜息混じりに呟いた。

「一先ず、置いておいても問題はないそうだよ。飾り方も、まあ普通で良いって」

「そうですか。ええと、良かったです」

良かったかどうかは定かではない。そのため、若干どころではなく妙な顔になってしまった。

「食べていいかはよく分からないんだけど……年明けに帰ってくるって言うから、その時に直接見てもらえばいいんじゃないかな」

「えっ、あ、はい。じゃあ、その時に」

予想していなかった言葉に思わず声がひっくり返ってしまう。

縮こまった俺の様子から何やら察したらしい神藤さんは、ちょっと困ったように微笑んでから言った。

「安心して、悪い人じゃ…………いや、よくない人ではあるけど、悪い人と言うほどでもないから」

果たしてそれは安心しても良いものだろうか。

疑問はあったが、俺はとりあえず笑顔で頷いておいた。

どんな人だとしても、あいつより悪いということはないだろう。何より、神藤さんのお兄さんであるのだし。

ちなみに、神藤さんからはキーケースを頂いてしまった。

俺も娘さんへのプレゼントでも用意しておけば良かったかもしれない。

来年は用意しておこう、と思ってから、ちょっと笑ってしまった。

来年のことを考えている。

何とも不思議な気持ちだった。

『霊感商法』

「あのね、これはイノヒラの話なんだけどね」

思わず顔を上げた俺に、隣人は特に気に留めることもなく話を続けた。

数年前。ここら一帯で霊感商法が流行ったらしい。

霊感商法というと、身近な不幸を祟りだ霊障だと宣って、除霊のために高価な品を売りつけるようなものだと思うかもしれない。

この場合は違った。超常の力を使った、霊能マッチポンプ商法である。

狙った人間を呪っておいて、すっかり参ったところでそれとなく近づき、呪を祓うなどと言って金を取っていたそうだ。

件の霊能者は、元は四国の何処かで拝み屋だか祈祷師だかをやっていた男だった。

力は確かだが性根があんまりなもので、地元で随分とやらかして、勘当されて関東地方まで逃げてきたらしい。

結局こちらでも金に困って、自身の力を使って碌でもない手法で金を稼ごうとした訳だ。

霊障による体調不良は、医学で説明のつくものが多い。肉体に害を及ぼす理由が異なるだけで、症状はあくまで身体に由来するからだ。

けれども、症状は同じでも原因が異なるのだから、治療には別のアプローチが必要になるのだという。いくら診てもらっても、どうも良くならない。これまで予想もしていなかった不調なので、当然不安も募る。

そういった状況になったところで、無料か、あるいは格安で治療を持ち掛けて、上手くいけば――いかないはずがない訳だが――報酬を貰うのだそうだ。

半信半疑だろうと症状がぴたりと止むものだから、言われた通りに金を払ってしまう人間も相当数いたという。

まあ、真っ当に受けた治療の芽がようやく出たのだとして、払い渋る者もいた訳だが、そういう人間には改めてかけ続けてやればそれで済むのだから、なんら問題はないのだった。

いずれは『助けた』人を信者化して、新興の宗教団体を立ち上げるのが目的だったようだ。

そんな中。とある小さな鋳造加工会社の社長は、呪詛――と便宜上呼ぶことにする――をかけられた、と察してすぐに、知り合いの霊能者へと連絡を取った。

それが伊乃平(イノヒラ)さんだ。二人は飲み友達で、社長は彼がそういう方面に強いと知っていて頼ったのだという。

何分小さな会社だから、社長が倒れでもすればあっという間に傾いてしまう。妻子を始め、従業員にも苦労をかける訳にはいかない。

頭を下げる社長に、伊乃平さんはなんとも軽い調子で引き受けたそうだ。

今ならちょうど良いのがいるから、と言って。

そうして、伊乃平さんはこのマンションにやってきたらしい。

大家さんと何の縁があるでもなく、ふらっとやってきたかと思ったら管理人さん伝(づて)に連絡を取って、どう言いくるめたか知らないが、社長と共に七階に来た。

「ずいぶん変なのが来たなあ、と思ったよ」

隣人は、何処か懐かしむように呟いて、続けた。

伊乃平さんは七〇一号室に来ると、端的に言ったそうだ。

「こいつの声を貸してやるから、あんたをちょっとの間『吉水喝一(ヨシミズカツイチ)』にしてほしい」

こいつ、と指された社長は、青白い顔で俯(うつむ)いていた。

ヨシミズカツイチというそうだ。漢字が知りたいと思ったので尋ねると、それは勘弁してくれ、と社長の方から口を挟まれた。けれども漢字が知りたかったので、聞いた。教えてくれないなら駄目だった。

伊乃平さんはしばらく社長を宥めた後に、漢字の方も教えてくれた。なので良いよと言った。良いことになった。

良いことになったので、隣人は少しの間『吉水喝一』になった。

よって、社長はいっときの間、何でもない者になったし、『吉水喝一』にかかるはずだった呪詛は隣人に移った。

あまり覚えていないが、三日もかからなかった。

本当に、ちょっとの間だ。

もう一度戻ってきた伊乃平さんは、丁寧に礼を言って、作法に則った謝礼を用意して、それから『吉水喝一』を戻したそうだ。

声は謝礼に含まれているから、借りたままでも良いのだという。

件の拝み屋だか祈祷師だかがどうなったのか。

隣人は全く知らないそうだ。

「イノヒラ来るんでしょ？」

語り終えた隣人は、にょろ、と管状の口を伸ばして、聞こえの良い声で尋ねた。

慣れないなりになんとか体裁を整えて餅を飾った日、俺はこいつに伊乃平さんが来ることを伝えた。

伝えようと思って話した、というよりは、世間話として零したただけなのだが。

その結果、隣人からは伊乃平さんの話を聞かされた訳だ。

今回のは怪談というより思い出話のようだったが、俺からすればどっちも同じようなものだった。

「……ああ、年明けに来るってさ」

「寝てる時にしか来ないからね、ややつだね」

言葉の内容とは別に、隣人はなんだかちょっと面白がるような声音だった。少なくとも、悪感情を持っているようには聞こえない。

今の話が本当に聞いた通りなら、伊乃平さんのおかげで『声』を得た訳だから、ある程度好ましくは思っているのかもしれない。

ところで、それ以前は声を持っていなかった、ということだろうか。よく分からない。が、別に深く知りたくもなかった。もはや、何処が藪だかも分かっていない状態である。

加えて言えば、聞きたいことは他にあった。

「なあ、お前って、伊乃平さんとは友達じゃないのか？」

これまで聞いた限り、伊乃平さんは明らかに霊的なことに強い人である。

わざわざ普通の人間を友達にするより、そういう人を友達にした方が、こいつにとってもよっぽど過ごしやすいんじゃないだろうか。

俺の問いには、大した間も空けず、あっさりとした言葉が返ってきた。

「イノヒラは友達いないよ」

質問の答えとしては妙な角度から返ってきた気がするが、気になるのはその声質の方だった。

心底不思議がるような響きだった。赤信号は止まれだよ、と同じような類いの言葉だ。

赤信号は止まれだし、青信号は進めだし、伊乃平さんには友達はいないのだ。

そのくらいに、当然の事実を述べる響きだった。

「…………そうなのか」

「うん」

しっくり来るような来ないような、なんとも言えない感覚だった。

誰もが知っている常識のような気もしてくるし、いやでも伊乃平さんが友達だと思わなくとも伊乃平さんを友達だと思っている人はいる訳だし、こいつが『友達』の意味をよく分かっていないだけかもしれないし、そもそも社長さんは伊乃平さんの飲み友達だったんじゃないっけ?とも思った。

けれどもやっぱり、断言された以上、伊乃平さんに友達はいないのだろう。

あ。……いや、まさか。

「えーと……その社長って生きてる?」

「知らない」

「……そうか」

年が明けて、伊乃平さんに会ったら聞いておこう。社長が亡くなったから『友達がいない』訳じゃないですよね?と。

そんなことを考えている内に、隣人は、ううん、と眠たげに呻(うめ)いた。

どうやら、そろそろ眠りにつくらしい。

これはつい先日聞いたことなのだが、隣人は年末年始は『おやすみ』するそうだ。

十二月末から、大体一月の七日辺りまで、外に出ずに眠っているらしい。眠る——という表現が正しいのかは分からないが、その間は話も出来ないし、俺を呼ぶこともないそうだ。

伊乃平さんが年明けに帰ってくるのは、これを知っているからなんだろう。

「またね、タカヒロ。おやすみ」

「ああ、おやすみ」

全くもっていつも通りの挨拶だった。良いお年を、などと言われたらどうリアクションしたものかと身構えていたので、何処か気の抜けた声で返す。

隣のベランダから、俺の部屋の窓を開ける時と同じ音がして、隣人が部屋に引っ込むのが分かった。

よっぽど眠かったんだろう。

ここ最近、あいつが部屋に引っ込むのを見送る回数が増えているような気がする。

もう、見張らなくとも逃げないと思われているのかもしれない。

随分と好意的に思われているようだ。

ただ、あいつのような存在の持つ『好意』が、人にとってはどういうものになるのか、俺には予想が出来ない。

それを考えると、やっぱり俺は気を抜けないでいる。まあ、こんなマンションだから、緊張感を持つのは悪いことではない。

あんまり気を張っていると疲れてしまうので、自室くらいではリラックス出来るといいのだが。

……いいのだが。

「…………………」

振り返った俺は、室内に足を踏み入れてから、不恰好に膨らんだ布団を見下ろして、そっと後ろ手に窓を閉めた。

目を逸らさないまま鍵をかけて、カーテンを閉める。

しばらく眺めていたが、一向に引っ込む気配はなかった。まあ、目の前で動かれてもウワッと思うから、動かないでいてくれていい。

……うーん。

こいつはどうして許されているのだろう。

澄江由奈は、俺に話しかけようとしただけで怒られていたのに。

考えたところで答えの出る疑問でもなかったので、俺はとりあえず、先に風呂に入ることにした。

大晦日

バイト先は、大晦日から三が日までは休業日となった。

近くに競合店がある場合は赤字覚悟で開けたりするらしいが、この辺りにある他のコンビニはそもそも二十四時間営業ですらないものが一軒だけだ。店長としても、開けておくメリットがあんまりないらしい。

そういう訳で、俺は自室でのんびり大晦日の夜を迎えている。

炬燵でもあれば良かったが、あるのは小さめのホットカーペットと折り畳みのローテーブルだけだ。

あとは毛布と半纏と湯たんぽで凌ぐ所存である。エアコンは残念ながら、大して頼りにならない。

この部屋には前の住人が残したものがそこそこ置いてあるのだが、テレビはない。元々あまり見ない派なので、特に買い足さなかった。

配信されている除夜の鐘をスマホで聴きながら、インスタントの蕎麦を啜る。

ふと思い出して目を上げると、やたらめったらご立派な鏡餅が、簡素な室内で場違いなほどに存在を主張していた。

「………」

まあ、悪くはない。

これまで碌に見たことがないので知らなかったが、鏡餅というのは、ちゃんと飾ると割と格好いいものである。

今のところ、カビの気配もなさそうなので良かった。

食べる際には割らねばならないらしく、俺は諸々の飾り道具と共に木槌も用意した。

揃えたはいいものの、俺はとんだ大晦日初心者であるため、実のところずっとソワソワしている。

お年玉なんて貰ったことはないし、お雑煮もおせちも何が何だか分かっていない。知らない土地で手描きの地図を前に進んでいるような気分だ。

流石に見たことはあるし、存在は知っている。けれども、テーブルマナーの存在を知っていてもいざやれと言われるとまごつくように、身についていないことを急にやれと言われても戸惑うばかりなのだ。

高校の頃に友達と一緒にどっかの神社を参拝したことがあるので、初詣はまだ分かる。とにかく人が多かった。人混みが苦手なので、それきり自発的に行ったことはない。

遠くから拝むだけでもいいらしいので、今年はこの部屋から拝む予定である。

遠くから祈るだけでも詣でたことになるとは。神様って優しいな。

コンビニにいらっしゃるタイプの神様も、そんくらい優しくあってほしいものだ。

「お、明けた」

日付が変わったのをぼんやりと眺めてしばらく。ふと思い立って、メッセージアプリを開いた。

隣に住んでいるあいつには現状、俺以外の友達はいない。誰一人として、友達らしい友達にはなってくれなかったためである。

何とも切ない話だが、言ってしまえば俺の『友だち』欄だって大概である。

前の職場の人間は全員ブロックしたりされたりで切れているし、義理で連絡先を交換した知り合いとは最初の挨拶だけで何のやりとりもない。

連絡手段としてまともに機能しているのは神藤(カンドウ)さんくらいのものだ。

残りは高校時代の友人が一人。その友人とも、もう二年近く碌に連絡を取っていない。

最後に連絡したのは、俺が退学届やら何やらの書類を出して、逃げ出した時だ。

しばらく連絡取れないと思う、と送った俺に、友人——ハヤトはしばらく迷った後に『OK』のスタンプを送ってきた。

その数ヶ月後に一度、気遣うように物陰から覗くキャラもののスタンプが来たが、俺は結局返事を出来ていなかった。

短文でもスタンプでも何でも良かった筈なのに、反応を返す、という行為自体がひどく億劫だったのだ。

結局既読だけつけて放置したし、落ち着いた今も、なんとなく連絡を取る気になれないでいる。

向こうも何かを察したのか、そこから踏み込んでくることはなかった。

あるいは、高校時代の友達に構っている暇などなくなったのかもしれない。

ハヤトは俺と違って社交的な奴で、俺の他にも友人は沢山いる。

だからきっと、俺程度の付き合いの奴が死んだとしても、そりゃあ、少しはショックだろうが、時間が経てば風化して忘れていくだろう。

それは予測というよりは、願望に近かった。

ハヤトには、俺の生死なんて気にも留めずに楽しく生きていてほしかった。あいつはあいつで、苦労をしている奴だったから。

知り合った当初、俺から見ればハヤトはまさに完璧で間違いのない、憧れをそのまま形にしたような人間だった。

俺でも知ってるような会社に勤める父親と、塾講師をしていた母親。明るくてスポーツ万能の兄と可愛(かわい)い弟がいて、ハヤト自身も優秀だった。

面倒見が良かったのは、弟がいるからだろうか。仲良くなってからというもの、ハヤトは程よい距離感で俺を助けてくれていた。

ハヤトと出会っていなかったら、俺は中学までと同じような生活を送っていただろう。奨学金を借りてまで大学に進もうとも思わなかっただろうし、これ以上自分の環境を良くしようなんて考えもしなかったかもしれない。

ハヤトの言葉は、大人に言われるそれよりも余程響いた。あの頃の俺にとっては、ハヤトが何より『先生』だったかもしれない。

どうしてこんなすごい奴が俺と友達でいようとしてくれたのだろう。抱いていた疑問に答えが出たのは、友達になって二年が経った頃だった。

ある時、二人で遊びに出た日、ハヤトは努めて軽い調子で切り出した。

「ウチさあ、今、祖母(ばあ)ちゃんのせいでおかしくなっててさ」

声色ばかりが妙に明るくて、上滑りした響きだった。

思わず隣を見やったけれども、ハヤトは何処(どこ)か遠くを見ていて、視線は少しも合わなかった。多分、合わせたくなかったのだろう。

ハヤトの家には、父方の祖母が同居をしているそうだ。その祖母が、どうも昔から妙な占い師にのめり込んでいて、随分と長い間、おかしなルールを家族に強いているのだという。

それは物の配置という些細(ささい)なものから、各々の排泄(はいせつ)のタイミングなどという許容し難いものまで、細かく決められているそうだ。

父親は実母だからか祖母の肩を持ち、金さえ出せばいいだろうという態度で、母親も子供を全員大学まで行かせてやりたいから、と言って離れることなく我慢しているのだとか。

「この間、祖母ちゃんが儀式だとか言って杖(つえ)で母さんの頭ぶん殴ってさ。血とか出てんの。でも誰も、父さんも兄ちゃんも、母さん本人も病院行こうとか言わねえんだよ。なんか、俺、怖くなってさ。怖い、っつーか、キモいっつーか。

でも、祖母ちゃんさえいなきゃみんな普通な訳で、だから離婚してほしくないなって思ってて、なんかそんな自分もキモくてさ。傷の手当てとかして、ハヤトは優しいねとか言われても、いや別にこれって優しさでもなんでもなくね?と思って……なんか訳分かんなくなって……」

別に、話そうと思って話した訳ではないのだろう。吐き出しておかないとどうにかなりそうだから、ただ零してしまっただけだ。

聞いた時は、割と驚いた。単純に、そこまで内側の部分を話してくれるほど、俺を信頼してくれているとは思っていなかったから。

ハヤトは人の悪口を言うのも聞くのも苦手な奴だった。

誰かを貶めて笑いを取ろうとすると察知して空気を変えにいったし、時には自分がお調子者枠になってさえいた。

そんなハヤトがわざわざ家族の愚痴を口にしているのだから、その苦悩は余程のものなのだろう。

ハヤトが俺でも通えるような高校にいたのも、祖母ちゃんが理由だそうだ。なんたらかんたらが良くないだとか、何々様の災いがどうだとか。喚いて話にならなかったから、諦めて進学先を変更したらしい。

「でもまあ、そのおかげでお前と会えたんだから、来て良かったかな」

その時の俺はなんと返したんだったか。よく覚えていない。

なんだかあまりにも予想していない言葉だったから、凄まじく卑屈なことを言った気がする。

覚えているのは、ハヤトが心底心外だとでもいうような顔で俺に詰め寄ったことだけだ。

「ちげーよ！　俺はクラスん中でお前が一番まともそうだと思ったから声かけたんだって！」

俺は面食らってから、ちょっと笑ってしまった。

まともそう、なんて言われたのはほとんど初めてだったからだ。


「……元気でやってんのかね」

画面を見つめながら、小さく呟く。

まあ、ハヤトのことだから間違いなく元気ではいる筈だ。

この先何があるか分からないのだから連絡を取っておきたいような、だからこそ今更俺のことなんぞ思い出してほしくもないような。なんとも言えない気分が胸の内に渦巻いていた。

少し、いや、かなり迷って、『あけましておめでとう』とだけ送った。

日付が変わってすぐなら、他に来る無数の連絡に埋もれるだろう。返事が来ればそれでいいし、既読がつくだけでも十分だし、もう何も反応がなければそれもそれで、別に良かった。

残ったそばのつゆを片付けるついでに、沸かし直したケトルの湯でお茶を淹れる。

大晦日というのは寝ないものらしい。今まで何も考えずに普段と同じように過ごしていたので、今年は試しに起きていることにした。

お茶を啜りつつ、管理人さんから貰ったみかんを手にする。せっせと皮を揉んで剥いてから、一房取って口に運んだ。

「あー、酸っぱいやつだ……」

ハズレを引いてしまった。食べ終えてから、酸っぱいまま終わりたくないのでもう一つ手に取る。

今度は無事に甘かったので満足していたところで、着信音が響いた。

「うおお」

ビビって軽く跳ねてしまう。深夜の着信というのは何故こうも怖いのか。いや、深夜に限らずなのだが。

俺はどうにも、電話を取るのが嫌いなタイプである。切ってもいい電話だとしても、そもそも掛かってきてほしくもない。

けれども、画面に表示された名前がハヤトだったため、指先を軽く拭いてからタップした。

スピーカーにする。

『もしもし？　タカヒロ？』

ハヤトは、学生時代と同じように、俺をタカヒロと呼んだ。

俺の本名は漢字だけでも四文字あって、読みには長音記号が入っている。まあ、言っちゃなんだが人間につける名前ではない。

ハヤトと出会ってからしばらくして、あれこれ考えてタカヒロと呼んでもらうことにした。ゆくゆくは改名手続きをしたい、と思っていたのだが。結局それどころじゃないことばかり起きて、今に至る。

神藤（カンドウ）さん曰（いわ）く、こと隣人に関しては、呼ばれる名前と本名が違うのは悪いことではないのだそうで、まあ、しばらくはこのままでいる予定だ。嫌な思いをすることも当然あるが、昔よりはマシだし。

「久しぶり」

つっかえそうな喉から、なるべく平静を装って声を出す。

『おーおー、久しぶり。なんだよ、今、元気？　大丈夫か？』

「まあまあ、ぼちぼちかな」

元気なことは元気である。大丈夫かどうかと問われると、ちょっと微妙だ。

そっちは？と話を振ると、ハヤトは明るい声で答えた。

『俺の方もまあまあかなー、サークルやら何やら、楽しいけど面倒だし。あ、今度飲み会やるけど。来る？』

「行かねえ」

『あははは、だよなあ！　人多いの嫌いだもんなー』

高校時代と何一つ変わらない、はっきりとよく通る声だ。懐かしくて、なんだか涙が出そうになってしまった。

この場面で泣いてんのは流石にちょっと恥ずかしい。茶を啜るふりをしつつ、雑に目元を押さえる。

『ま、今度二人で飲みにでも行こうぜ』

「……おう、予定が空いてたらな」

予定なんぞ空きっぱなしのくせに、今更顔を合わせるのもな、と妙なところで尻込みしてしまった。

察したらしいハヤトが、『おし分かった、俺が合わせるから空いてる日教えろ』と笑い混じりに言ってくる。どうやら全部お見通しらしい。

いや別に、会いたくない訳ではないんだが。単にそういう性分なんだよ。

苦笑いと共に予定を伝えると、あっさりと月末辺りに会う日が決まってしまった。

近くなったらまた連絡すると言われて、そこで通話は終わると思ったのだが、ハヤトは少し訝しむような声で続けた。

『あのさー』

「何?」

『タカヒロ、今誰かといる?』

「いや、」

一人だけど、と言うより早く、軽い調子の声が響いた。

『さっきから誰か呼んでるんだけど、気のせい?』

俺は静かに目を上げた。

ベッドを確認した限り、特に膨らんではいない。

「……呼んでるって、俺を?」

『あー、いや。おーい、って感じ。どっか遠くから』

「……ふーん」

なんてことはない様子を装いながら、室内を見渡す。

狭い部屋である。確かめるのに五秒もかからなかったし、やっぱり誰もいなかった。

俺の言葉を待つことで生じる間が、やたらと静まり返っている気がして、耳が痛い。

「今住んでるマンション、混線しやすいんだよ」

『ええ？　スマホで？　何処の使ってんの』

「めちゃくちゃ安いやつ」

『いやそれでもおかしいだろ、スマホってさ、電波とか、あっ、ほら。まだ聞こえる』

「遠くで？」

『そうそう。結構遠くで』

「……割と良い声だったりする？」

『いやぁ？　男なんだけど……結構若いかんじ？　子供かな』

ということは隣人ではない。

いや、隣人の声はどうも時折子供のようにすら聞こえることはあるのだが、そもそもあいつは今は眠っているので、呼びかけてくることはない……筈である。

「……ちょっと、試したいことあるから付き合ってくれ」

『お？　なんだよ』

状況が分からずに不思議そうにしているハヤトを前に、俺はスマホを持って立ち上がった。

まずは一旦、玄関に向かう。

「声、近くなったか？」

『えー……いや、さっきと変わらんかも』

次は風呂場。

「どう？」

『いや、変わらん』

念のためベッドにも近づける。

「こっちは？」

『変わんないぜー。てかこれ何？　ドッキリ？』

「まあ、そんな感じかも」

此処だったら嫌だな、と思いながらクローゼットの前に立つ。

『遠いかなあ』

「なるほど」

『何が？』

さあ、何がなるほどなんだろうな。俺にも分からん。

とりあえず。

仕方がないので、俺は一番最後に回していた、キッチンの棚へ近づいた。

『あ、近い。近い近い。え、何？　俺いま何に付き合わされてんの？』

「マジかー……」

『何!? タカヒロお前、説明しろって～』

「いや、俺にも説明とかは出来ん」

『えええ。てか離してくれ、なんか嫌だぞ、それ』

ごく真っ当な主張だったので、俺は素直にスマホを引いた。

俺にはさっぱり聞こえない訳だが、ハヤトのリアクションを見るにまだ呼び続けているらしい。

とりあえず、何も聞かなかったことにして、俺はそっとローテーブルの上にスマホを置き直した。

ふう、と溜息(ためいき)を吐(つ)いたところで、律儀に説明を待っていたらしいハヤトが、おっかなびっくりといった様子で聞いてくる。

『えっ。で、結局、何？』

「……隣の部屋に住んでる奴(やつ)が、ちょっとおかしなやつなんだ」

完全に言い訳のつもりで口にしたのだが、図らずも事実を述べた形になってしまった。

俺の部屋の隣人は、まあ、確かにおかしなやつである。キッチンの棚と隣人の部屋の位置は全くもって逆な訳だが。

『引っ越した方が良くね？』

「なんつーか、アレだよ。家賃補助出るから住んでる感じでさ。まあ、普段は静かだから」

『はー、なるほどねー』

納得した（というより、納得することにした）らしいハヤトは、危なくなったらすぐ警察呼べよ、と言い残して、今度こそ通話を切った。

さて。

静まり返った一人の部屋に残されたのは、俺だけである。

なんなら、布団の奴すらいない。

こういう時には出てこねえのな。いらん時には邪魔するくせに。

「……マジかー」

呼んでんのか、写真（アレ）。

やっぱり、さっさと捨てておけば良かったのかもしれない。いや。知らずに捨てた結果、何かあったりするのも大分嫌かもしれない。

じっと、身じろぎもせずに耳を澄ましてみたが、室内は変わらず静まり返っていた。

相変わらず、不気味なほどに静かなマンションである。

この通り、耳で聞く分には聞こえないんだから、無視しておけばいい。

気になるのは、聞こえる奴だけだ。モスキート音みたいなものだと言える。

「…………」

静寂が嫌で、何か適当な動画でも見ようとして、画面をタップした。その筈だったけれども、俺の指はなんとなく、よしておけばいいのに、録音アプリに伸びていた。

スマホを通せば聞こえるなら、録音も出来る、ということにならないだろうか。

これで何も録れなかったら、声はあくまで通話にだけ乗ることになる。

録音アプリを開いて、開始を押――してから、すぐに止めた。

開始数秒で、既に表示される波形が十分すぎるほどに伸びていた。明らかに、結構な声量を拾っている。

わざわざ聞く必要はないだろう。

とりあえず記録を削除して、好きなお笑い芸人の動画を見て朝まで過ごした。

棚の扉が若干開いていたのは、見なかったことにした。

初夢

あの人は不満がある時、よく泣きながら物に当たった。

殴ったり叩いたりして痕が残ると面倒だからと、代わりにその辺の物を壊しにかかる訳だ。

私はこのくらい傷ついていて、このくらい怒っている、というのを、物を壊すことで表していた。

直接的に傷がつかなければ暴力ではない、と考えている人だったのだ。

まあ、あるいは分かっていて見ないふりをしていたのかもしれない。


目を開けてすぐに、これは夢だと気づいた。

視界に映る間取りが子供の頃に住んでいたアパートで、布団にはあの人が寝転んでいて、俺の身体は随分と小さくて、そして、手には包丁があったからだ。

黙って包丁を戻したあの日から、俺はたびたびこの夢を見る。

現実世界では、あの人は何も気づかずに寝ていた。

夢の中では、俺がまごついている間に目を覚ます。

そうして俺に飛び掛かって、馬乗りになって首を絞めてきて、大抵、苦しくなって目が覚める。

一応断っておくと、現実のあの人は俺を殺そうなんて考えたことはない。

そりゃあ、死んだら嬉しいとは思っていたかもしれないが、それは誰が見ても確実に過失のない事故だと分かる状況で、の話だろう。

事故だろうと、己に非のある理由で殺したりでもしたら、自分の方が加害者になってしまうからだ。

もしかしたら、殺した後でさえ被害者面をしてみせるのかもしれない。けれども、世間はそれを許さないだろうし、何より自分の心を守ろうとするあの人には、きっとそんな扱いは耐え切れないだろう。

あの人にとって、加害者は常に俺だ。ずっと俺だけが悪かったし、俺だけが悪くなければならない。

子供が出来れば結婚が出来る筈で、結婚が出来れば幸せになれる筈だったのに、産まれた俺のせいで全てがどうにもならなくなったからだ。

幸せを引き戻す手段として痛い思いをして子供を産んだのに、子供は自分を幸せにしてくれなかった。

だから悪いのは子供である俺であり、罰せられるべきは俺であり、ただ親であるというだけでその責を負わねばならないなんて、私はなんて可哀想なのだろう、と心底自分を憐れんでいた。

あの人はよく、虐待関連のニュースがあると俺をテレビの前に引っ張っていった。

そうして何処か甘えた口調で囁くのだ。お母さんはちゃんとしてるでしょ、と。

『たまにね、赤ん坊を捨てたり殺したりする碌でもない女がね、いるでしょ。おかあさんはそういう女とは違うの。××××のことを捨てたりせずにちゃんと育ててるでしょ？　ちゃんとお母さんしてるでしょ？　この世にはね、××××よりももっともっと大変な思いをしている子がいるのよ、そういう不幸な子と比べてごらん。××××はご飯も食べれて、寝る場所もあって、寒い中放り出されもしないし、ほらね？　お母さんはちゃんとしてるでしょう。

お母さんは××××のために毎日大変な思いをしてるの。だから××××もお母さんのために我慢しなきゃいけないの』

それは確かに、事実の一面ではあっただろう。誰にも頼れない、自分で生きる力にも乏しい、崩れやすくて脆い人が、それでも一人で母親をやらなければならない、というのは、耐え難い辛さがあった筈だ。

そもそもが、好きで産んだ訳ではないのだ。好きな人の子だから産んで、その結果、あの人だけが純愛だと勘違いをしていたものだから、酷いことになった。

俺が出来たせいで愛する人にさえ逃げられて、産んだ俺の価値が足りないから戻ってくることもなくて、そうして一人で、しなくてもいい苦労をしている訳だ。

だからやっぱり、俺が悪いということになる。俺という個人ではなく、俺という存在が悪い。

印象がマイナスから始まってるものだから、俺はそれを常にプラスに——は無理だから、少なくともゼロにはしていなければならなかった。

当然、無理な話だ。呼吸してるだけでもムカつくだろう相手が、呼吸しながら何をしようと苛立つだけである。

けれども。常にそうかと思えば、あの人はたまに、ぞっとするほど優しく俺を甘やかした。

昔の俺が感じていた薄気味悪さを言葉にするなら、あの人は時折、『ちゃんと母親をしている』という実感を自己肯定に繋げている節があった。

俺を『可愛い子供』と定義することで、『可愛い子供がいる私』は幸せなのだと思い込もうとしていた訳だ。

『×××××、今日誕生日でしょう？　美味しいケーキ買ってきたから、一緒に食べようね』

全くもって一欠片も掠っていない日を俺の誕生日だということにして、切り分けたケーキを食べる。

あの人はずっと笑顔で、たぶん、外の付き合いで何かがあったのだと思うけれど、それは俺には理解の及ばないことで、ただ、こういう時に頼み事をすると通る時があるから、俺は好きでもないケーキを、出来る限り喜んで食べていた。

高校に進学出来たのは、俺の誕生日ケーキを買ってきた日に頼んだからだ。やっぱり、その日は全く誕生日ではなかった。

それでも、小さい頃は本当に嬉しかったと思う。

もしかしたらこのまま、明日からはこれが続くのかもしれない、と、馬鹿みたいな希望を抱いていた。

結局、二人じゃとても食べ切れないサイズのそれの残りが冷蔵庫に押し込まれて、次の日も次の日も放置されて、他に食べるものもないからと仕方なく残ったそれを食べている内に、夢から覚めるように正気に戻る訳だが。

ところで。この夢は一体いつになったら覚めるのだろう。

子供の俺は包丁を片手に、眠っているあの人をいつまでも見つめていた。

起きないと終わらない、という感覚はある。これまで通りなら、待っていれば勝手に起きる筈なのに、いつまで経っても眠ったままだった。

寝顔は、嘘みたいに穏やかだ。あの時と何も変わらない。

だから結局、俺は怒りも叫びもしないこの人を前にどうすればいいか分からなくなって、あれこれと言い訳をつけて戻ったのだ。

けれども。本当は、殺してやった方が良かったのかもしれない。

この人は多分、勝手な物言いで判断するなら、真っ当に生きていくのに向いていない人だった。

いっそ殺してやる方が、この人のためだったのかもしれない。なんだったら、俺が産まれるよりも前に。俺なんかを産む前に。

もしかしたら俺はあの時、選択を間違えたのかもしれない。

「あ」

胸元に刃先を突き立ててから、何やってんだろう、とぼんやり思った。

わざわざ俺が殺してやるべき理由なんて一つもないのに、何をやってるんだろう、と思った。

生きていくのに向いていないのならそれなりに責任の取り方はあって、まあ、それは別に全く責任を取るなんて呼んでもいいような行為でもなくて、けれども生きているだけで素晴らしいなんてこともなくて、ただ生まれたからには当然生きていくしかない訳で、俺は生まれたくもないのに生まれてきて、生きていたくもないけど死にたくもなくて、だから出来る限り努力をしようとしていて、他人の邪魔をしないように必死になっているのに、この人は俺の邪魔をしてまで生きたい訳で、そんな奴(やつ)を、わざわざ俺が殺してやるべき理由なんて何処にもなかった。

動機はあるかもしれないが。なんでそんなことをしなくちゃならないんだろう。

何処か知らないところで死んでほしい。死んだことすら知らないままでいたい。あるいは最初からいなかったことになってほしい。無理だけども。この人がいないなら俺はそもそも産まれていないので、いなくなったこの人を知覚する俺自体がいない訳で。

そうなると、まあ結局、産まれてきたくなかった、というのが結論になる訳だが、俺のこれだって、ただの被害者面なんだろう。

俺よりも大変な人間なんて、世の中には無数にいる。その人たちは、俺より余程立派に生きている。

嫌な夢だなあ、と思った。

毎回そうだが。今回は特に。

早く覚めてくんないかな、と何処かの何かに祈っていると、不意に、血走った目と視線が合った。

眠っていた筈のあの人は見る間に起き上がって、俺に掴み掛かる。

「お母さんを殺すだなんて、あんたはなんて酷い子なの」

包丁を胸に突き立てられたまま、あの人は喉に溜まった血を吐き出すように、ごぽごぽと言葉を繋げた。

歪な音だ。そもそもこんな声だったかもよく覚えていない。

あの人に会った後は、いつも頭が痛くて、記憶が碌に留まらない。大体が、いつも何か叫んでいるし、泣いてるから、まともな声は更に記憶に残らないのだ。

そういえば最近は頭が痛くないな、と殴られながら思った。あの人は俺を殴らないので、これは俺が作り上げた、何らかの感情による虚構である。

それが何かはあまり考えたくなかった。自分と向き合う時には、自分の抱いている感情を知らないとならないらしいが。そもそも別に向き合いたくもない。

首を絞められているのに目が覚めない。苦しくないからかもしれない。何故苦しくないかも分からない。

あの人は、唾を飛ばしながら何やら叫んでいた。

まあ、多分、いつも通りのアレだ。

なんでお母さんに苦労ばかりかけるのだとか、私はもっと幸せになるべきなのにだとか、どうして私ばかりが苦しまなきゃならないのだとか、何で誰も助けてくれないのだとか、育てた分の恩を返すべきだとか、そういうことだ。

脳味噌(のうみそ)が聞き入れるのを拒否しているから、これまでに聞いた文言を繋ぎ合わせて予測している。

そもそもが夢なのだからそういうものの筈だが、そこでふと、俺の耳は聞き慣れない言葉を拾った。

「あんた、そこ出なさいよ。■■様が視(み)てくれないじゃない」

ゆっくり、瞬(まばた)きをした。

なんだろう。

確かに聞き取ったのに、頭の中で形にならない音だった。

「お母さんはこれから幸せになるんだから、■■様がそう約束してくれたんだから、子供ってのは親を幸せにするために生まれてくるの、だからあんたは私を幸せにしなきゃいけないの」

これは、単なる俺の夢、の筈である。

だからきっと、俺が言われてきたことと、言われたくないことを再構成して流しているだけ、の筈である。

けれども、俺には■様なんて名前は聞き覚えがなかったし、今し方聞き取った筈なのに、上手(うま)く覚えてもいられなかった。

何かがおかしい。

けれども、何処がおかしいのかが、俺には具体的に掴(つか)めなかった。

「××××はいい子だから、お母さんの言うこと聞けるでしょう？　お母さんね、あんたのこと産んでよかった、って思いたいの。産まれてきてくれて本当に良かった、って喜びたいの。だから早くそこから出て」

そこ。

というのは、多分、あのマンションを指している。

この人は、俺が例のマンションで暮らしていることを知らない筈だ。少なくとも知ってるなら、すぐに来ている。

これが俺が見ている夢でしかないのだとすれば、俺しか知らないことをこの人が喋(しゃべ)っていても、記憶の再構成なのだから何ら不思議はない。

でも、これがただの夢ではないのだとすれば、この言葉には明確な意図がある筈だ。

誰の?と聞かれれば、多分、■■様の。そして、この人自身の。

「ねえ、×××××」

やけに甘えた声が響いた、その時。


チャイムが鳴った。

短めの、古い作りのベルの音だ。


首を絞めていた手が緩む。顔を上げて視線をやった先には、玄関の扉があった。

俺も、首を回してそちらを見やる。

もう一度、チャイムが鳴った。

玄関脇には小窓がついている。外は真っ暗で、物音ひとつしない。

夜だから、ではないのは、俺にも、そしてこの人にも分かっていた。

返事がないせいか、今度はノックの音が響く。

それでも答えず——答えられずにいると、扉の向こうから声がかかった。

「タカヒロー、あそぼー」

随分と呑気(のんき)な、間延びした声だった。

少し声色が違うが、あいつだ。

ぼんやり聞き入れる俺の上で、ひ、と妙に引き攣った、呼吸の出来損ないみたいな音が零れた。

「タカヒロー、ねー、あそぼー」

腕を伸ばしているのか、ノックの音は妙に高い位置から響く。

すっかり動きを止めたあの人は、あいつが扉を叩くたびに身体を強張らせて、悲鳴の切れ端のような声を零していた。

不明瞭なその響きは、やはり誰かの名前を呼んでいる。■■様、と縋るような響きが繰り返し、乾いてひび割れたような調子で聞こえる。

そこに「おすくいください」という文言が混じった瞬間、扉の向こうで平淡な声が響いた。

「タマグスなら来ないよ」

今度こそ、明確な悲鳴が上がった。聞き慣れた、甲高い嫌な音だ。叫び声に引かれて顔へと目をやって、俺はそれからすぐに後悔した。

真っ赤に染まったあの人の口から、冗談みたいな量の血が溢れていた。

あっという間に腹まで赤く染まって、それでも尚、抑えきれないように溢れ出る。

目を逸らせないでいる内に、たぶん、中身が増えているのだろうな、と察した。

最初に腹部が膨れ上がって、逃げ場所を探すように四肢へと流れる。皮膚が歪にあちこち伸びて、手足の太さは倍くらいになって、顔だけが普通で、どんどん肉に埋もれていって、そうして、あの人は見知った姿の三倍くらいに膨れてから、破裂した。

ばんっ、と水の詰まった風船が弾けるみたいに。

増えて弾けた中身には、骨も内臓も、何もなかった。

全部が全部、中で綺麗に溶けて混じり合ったみたいに、粘度の高い、濁った赤い水だけが飛び散った。

当然、下にいた俺はほとんどそれを引っ被る。反射的に瞼を閉じたので、目に入るようなことはなかった。

生温いそれを腕で拭ってから、恐る恐る、目を開く。肘をつき、中途半端に身体を起こして、俺はゆっくりと辺りを手探りで確かめた。

残念なことに、視界は至って明瞭である。それとは裏腹に、俺の脳は眼球から入った情報を少しもまともに処理しようとはしなかった。

全く、本当に全く、欠片も理解が追いつかない。

けれども、単純な事実として、あるいはただの文字の羅列として、『母親の形をした肉袋が、膨れ上がって弾け飛んだ』という文面だけは頭に浮かんでいた。

起こした筈の身体が、気づけば膝をついて蹲っている。

吐きたいけれど、吐けるようなものが何も胃に入っていない。空気ばかりが気持ち悪い音を立てて出ていって、舌の奥が嫌な感じに引き攣っている。

しばらくえずいたような咳を繰り返してから、俺はようやっと、緩慢な動きで立ち上がった。

ぼんやりと、半ば無意識の仕草として、玄関へと目を向ける。

扉の向こうからは、変わらず呑気な声が響いていた。

「タカヒロ、あそぼー」

「…………」

いいよ、とは言い難かった。何も良くはないからだ。

全身が妙に熱くて、それなのに手足だけが変に冷たくて、気味の悪い汗を掻いていた。

何だか喉が渇いている。みず、と知らず呟いて、ぼろいシンクへと向かう。

蛇口を捻るが、何も出なかった。血糊が指の形に残ったが、これも流せそうにはなかった。

あいつは、扉の向こうから俺を呼んでいる。入ってこようとしないのは、何か理由があるのだろうか。

分からない。本当に、何も分からなかった。分からないことは、考えたって仕方がない。

タカヒロ、と呼び続ける声を聞きながら、玄関へと近づく。

ノックの音も、断続的に続いていた。

「……遊ぶって言っても、何するんだ」

「鬼ごっこ」

「…………お前が鬼か？」

「うん」

「じゃあ嫌だよ」

何某(なにがし)かの不満を伝えるように、どん、と鈍い音が響いた。叩かれた扉が揺れる振動が、置いた手のひらから伝わる。

それでも嫌なものは嫌だったので、特に譲るつもりはなかった。

「タマグスって誰なんだ」

「知らない」

知らない訳あるか、と思ったが、突っ込むのも何なので、代わりの問いを口にした。

「…………あの人、生きてるのか？」

「どっちがいい？」

「……問いに問いで返すなよ」

「どっちがいい？」

「……………」

黙り込んだ俺に、隣人はゆっくりと続けた。

「ジュリナはねえ、もうつかまったから、大丈ぶだよ。タマグスは自ごうじとくだからね、しかたないから、たまぐすがせき任をとるよ、たまぐすがワるいんだからもん句いう方がおかしいからね、よくないことしたらおこられるからしかたないね、おれはがまんしてるのに」

端切れ未満の何かを無理やり継ぎ合わせて、一枚の布にしているような声だった。

どうにも感情が乱れてるのか、それとも場所が悪いのか、いつになく拙い響きで紡がれる言葉を聞きながら、とりあえず、さっきのあれは本当にあの人で、これは夢だけれど夢でもなくて、そして、きっととても碌でもないことになったんだろうな、とだけ悟った。

そうなると、此処が部屋の中であることにも、やっぱり意味があるのだろう。

あいつは外にいる。古びたアパートのちゃちな鍵なんて、壊そうと思えば人間でも壊せるのに。

「それに、ジュリナはもうだめだよ」

「……駄目って、どうして」

「つかいすぎた」

「…………何を？」

「にんげんはそんなうまくできてないから、もうだめだよ」

響く声からは、すっかり興味の熱が失せていた。素っ気なく、淡々とした事実だけを述べる声音だ。

そこから、今度はちょっと、呆れたような声で呟く。

「あと、たまぐすに頼るようなのは、どっちにしろだめだよ」

「だから、タマグスって誰だよ」

「ミヨコを騙してたやつ」

「ミヨコは誰なんだよ」

「ハヤトのばあさま」

俺はとりあえず、明確な現実逃避として一旦目を閉じてみた。そもそもの事実として、此処は全く現実ではない訳だが。

こいつにハヤトの話をしたことはない。ないけれども、あの人の話だってしたことがないのだから、全部が全部、今更だった。

何だかひどく疲れてしまって、その場に座り込む。

べったりと汚れた衣類でも不快さを感じないのは、きっと此処が夢だからだろう。

しばらく目を閉じていたが、起きる気配もなければ、これ以上眠る気配もなかった。

散らばった話から推測するに、あの人はどうやら、タマグスとかいう占い師を頼ったらしい。いつからかは知らない。あの人はハヤトの祖母ちゃんとは違って、ただ普通におかしいだけで、変なルールを俺に押し付けることはしなかったから。

もしかしたら俺を見つけたのも、そういう、超自然的な方法でも使っていたのかもしれない。

まあ、方法がどうかなんて、俺にとっては関係のないことだ。大事なのは、これからどうなるのか。それだけだ。

あの人は俺に、此処から出てほしい、と言った。だったら、その逆をすればいい訳だ。

「……よく分かんねえんだけど、とりあえずマンションにいればあの人は来ないってことだよな」

「呼んだら来れるよ」

「でも呼ばないんだろ」

「うん」

これについては嘘ではないな、と思った。

俺が勝手にそう思いたいだけかもしれないが、信じた上での責任を取るのは俺なのだから、何の問題もない。

それに、『呼んだら来れる』を嘘ではないことにすれば、呼びは出来る訳で、少なくとも、生きてはいることになる。

何処か知らない場所で死んでくれるなら、それでいい。それがいい。一番マシだ。目の前で破裂するあの人を見た時、俺は確かに怯えたからだ。人間が風船みたいに膨らんで死ぬことにでも、液状に溶けた内臓を全部引っ被ったことにでもない。

あの人が俺を産んでよかったと思おうとしている――という事実を喜んだ自分に、だ。どうやら、俺は此処に至ってもまだ、嬉しいらしい。役に立って、産んでよかったよ、と言われたいらしい。

俺は今でも、あの人がケーキを買ってきたら、喜んだふりをして食べるだろう。そして、幻想に半分くらい浸かった脳味噌では、本心から喜んでいるのだろう。

今すぐ飛び降りたくて堪らなかったから、此処がマンションじゃなくて良かったな、と思った。

衝動に任せたって、どうにもならない。どうせ。

「ねー、タカヒロ、あそぼう」

「…………じゃあ、しりとりしようぜ」

「うーん……？　うーん……いいよ」

良いのか。

大分ヤケクソ気味に持ちかけただけなんだが。

「じゃあ、リゾット」

「トリヌケリ」

「なんて？」

「トリヌケリ」

「……りんご」

「ゴマフジノメサリ」

「……リトマス紙」

「シノマイコユズリ」

「…………やっぱジェンガとかにしようぜ」

「じぇんが」

「ジェンガ、知らんか。積み木みたいなの組んで重ねて塔にして、引っこ抜いたのを上に載せるんだよ」

「ふうん？　……んん？　ええと、それは何がおもしろいの？」

「いや、面白さとかはよく分かんねえんだけど……崩れるハラハラとか？　でもまあ、屋外でやったら良さが消し飛ぶわな……」

このまま、しりとりが終わるまで延々知らない言葉を聞かされるのかと思ったら、遊びを変えたくなってしまった。

俺が知らない言葉すぎて判定が出来ないし、しかもこいつ、地味に初手からリ攻めを始めている気がする。

なんて奴だ。知らねえ言葉に突っ込めねえんだから、こっちが確実に負けるじゃねーか。

とりあえず遊びは中断して、今度何か買っていく約束をして、この場はのらりくらりと躱しておいた。

「ところでこれ、一生起きれないとかないよな」

「ないよ。でも、いてもいいよ」

「いや、俺は起きてせっかく買った飯を食いてえよ。それに此処汚ねえし」

逃げるための口実でも何でもなく、極めて素直な感想であった。

だってなあ、と後ろを振り返る。

薄暗く狭い室内には赤黒い液体が広がっていて、あちこちに俺の残した足跡と手形がこびりついている。大分どころでなく最悪の光景だ。

もう二度と、無事だった頃の部屋は思い出せそうになかった。今後夢に出るとしたら、まずこっちだろうな、と思う。

「七日までいてもいいのに……」

隣人は何だか恐ろしいことを言いながら名残惜しそうにしていたが、渋々ながらも見送ってくれた。らしい。よく分からん。分かりたくもない。


そうして。

気づいた時には、自室のベッドで天井を見上げていた。

カーテンの隙間から見える外はまだ暗くて、スマホを確かめるに朝の四時だった。

ついでに確認してみるが、身体の何処にも血糊はついていなかったし、首にも妙な痕はない。夢はあくまで、夢でしかないようである。

けれとも、妙な倦怠感は残っていた。これは肉体的に、というよりは、精神的にかもしれない。

夢だろうと夢でなかろうと、結局はあの人に会ってしまえば、ひどく疲弊することに変わりはない。

一旦、このままもう一度寝た方がいい。考え事はそれからだ。

俺は再度布団に潜り込みながら、それにしても、と盛大な溜息を吐き出した。

「…………初夢がこれかあ」

コンビニ

年明けの初出勤日は、店長と一緒だった。

珍しいこともあるものだ。もしかしたら、矢向(ヤムカイ)さんが入っていたところに休みの連絡でも来たのかもしれない。

うちのコンビニの店長は、戸枝(トエダ)さんという、四十過ぎのお腹(なか)の出たおじさんである。

五年前に離婚しているそうで、数ヶ月に一度娘さんから届く手紙が楽しみなんだそうだ。

「高良(タカラ)くん、ちょっとこれ見てくんないかな」

「はい?」

一通りの作業が落ち着きかけた頃、店長が俺を呼んだ。

もしかして、何かミスでもしていただろうか。表情を見るに怒っている訳ではなさそうだが、ちょっとした緊張と共に手を止め、店長のもとへ向かった。

ただ、俺の予想とは異なり、店長は全くの私用で声をかけたようだった。

「娘から来た年賀状なんだけどね」

「年賀状、ですか」

「ここにさ、なんか変なの写ってない？」

そう言って店長が見せてくれたのは、ごく一般的な年賀状だった。干支の絵柄に囲まれた形で上半分に家族写真があって、下半分に新年の挨拶が書かれている。

写真の中で並んでいるのはおっとりとした優しげな女性——元奥さんだろう——と、その彼女によく似た顔立ちの小学生くらいの娘さん、あとは祖母と祖父だろうか。

撮影場所は庭先のようだった。少し古い印象を受ける日本家屋の縁側の前で、全員笑顔で写っている。

これだけならば朗らかな家族写真だが、店長には何やら気になる点があるらしい。

ここ、と示されたのは、縁側の奥にある襖だった。

写真なのでよく目を凝らさないと分からないのだが、細く開いた襖の隙間から、大きな目玉が覗いているように見えるのだ。

恐らくだが、もしこれが本当に写ったものなら、そのサイズの目玉に見合った顔が、襖の向こうにあるのだろう。

「僕が勝手に心配しているだけなのかもしれないけど、変だって分かった上でわざと送ってくれたんじゃないかなあ、と思って」

「わざと、……ってどうしてまた」

客が来る気配はない。まあ、しばらく話し込んでも大丈夫だろう。

尋ねた俺に、店長はやや言いづらそうに口をもごつかせていたが、やがて意を決したように話し始めた。

「家に変なものがいる、って娘には分かってると思うんだよ。この年賀状も、娘が僕のために送ってくれるものでさ、そこにこういうものが写っているっていうのは、やっぱり、何らかのメッセージを感じてしまうというか……」

話している途中、店長は俺の表情を見て、気まずげに笑みを浮かべた。

意識せず、訝（いぶか）しげな表情になった自覚はある。

別に、家に妙なもの——恐らくは人間以外の何か——がいること自体を変に思っている訳ではない。なんなら俺の隣にも似たようなのがいる。

娘さんが送ってくれた年賀状にこんなものが写っているのも、意味があるといえばありそうに思える。

それでも考えすぎじゃや、と思ってしまうのは、多分、写真の中の全員があんまりにも笑顔だったからだろう。

何も心配することはない、と、その和らいだ表情そのものが言っているように思えた。

でも、父親である店長が、娘さんを過度に心配する気持ちは当然のものだとも思う。

元気な姿を見たくて送ってもらった年賀状に、変なものが写っていたら、当然不安にもなるだろう。

「でも、年賀状なんて一枚きりで作るものでもないですし、他の家にも送るものと同じものなら、これ自体気に留めるような異変じゃなくて、単にそう見えるってだけの変な写り込みなんじゃ?」

「あー、いや、違うんだ。これは娘が妻に頼んで、僕のためだけに用意してくれているものなんだ。多分、僕に送るつもりで撮るとも伝えてないと思う」

詳しい事情は分からないが、店長としては、やっぱりこれは何かしらの示唆を含んだ便りだと思っているようだった。

まあ、そこまで言うならわざわざ否定するのもよろしくない。一旦乗っかって、話を繋げる。

「えーと……娘さんからのメッセージ、というと、この謎の存在で困っていることがあるとかですか? こういう怖い家にいるのは嫌だから、店長に迎えに来てほしい、とか」

「多分……そういうことなんだろうとは思うんだよね……」

店長は何やら思い悩んだ様子で、歯切れ悪く呟いた。

口を挟む空気でもなさそうなので、そのまま話の続きを待つ。

気を紛らわせるためか、店長は手を動かしながら、溜息混じりに口を開いた。

「そもそも離婚の理由がね、義両親が突然騒ぎ出したからなんだよね。電話で話したのが妻だけだったから、僕は全部を聞いた訳ではないんだけど、とにかく『今すぐ離婚しなさい。娘と二人で実家に戻ってこないとならない』の一点張りで。

誰が見ても優しい人たちだったし、僕としても関係は良好だと思ってたから寝耳に水でさ。あまりに頑なだから、疾患やら何やらも疑ったんだよ。ほら、言ったらなんだけど、歳も歳だしさ……でも、そういう訳でもないみたいで……」

「じゃあ、結局理由は分からなかったんですか?」

「そうだね。何をどう言っても、とにかく関係を切って離れなさい、って言われて、妻も最初は戸惑っていたけど、何度も電話で話し合いをする内に『一旦離れましょう』ってなって。

何か問題があるなら言ってくれと頼んでも、教えてはくれないし。訳が分からないまま今の形に落ち着いてね。

そんな中で、わざわざこういうものが送られてきたことに、やっぱり意味がないとは思えないんだよ」

「はあ、なるほど……それは確かに心配ですね……」

そういう経緯があるのなら、不自然な点に過敏になるのも頷ける。

ただ、気になる点が一つ。

「えーと……ところで、なんでその話を俺に？」

薄々察してはいるが、一応理由は聞いておきたかった。

苦笑いで問いかけた俺に、店長もまた誤魔化すように小さく笑みを浮かべる。

「だって高良くん、彼処に住んでるでしょ」

彼処というのは、当然あのマンションのことである。

履歴書を見れば住所が分かるので、店長は俺が何処に住んでいるか知っている。

部屋番号も書いてある訳だから、何階に住んでいるかも分かっているだろう。

「僕はここに勤めて結構長い方だけど、あのマンションの人って、本当にあっという間におかしくなっていくんだよね。

高良くんの前にも二、三人、彼処で、なんだったかな、事故物件に住むアルバイト？みたいなことをしてた子を知ってるんだけど。

二十歳くらいの子があっという間におじいさんみたいになっちゃったりとかさ、ガリガリに痩せて、次見た時には普通の人の何倍も太ってて、また痩せたかと思ったら見なくなったとか、まあ、色々覚えがあるんだよね。

前よりマシになったのもここ数年のことでさ、神藤(カンドウ)さんって人が来てくれてかららしいし。まあ、僕は詳しいこと知らないし、知りたくもないんだけど」

店長は俺をチラリと見ると、こっそり、内緒話でもするように小声で尋ねてきた。

「高良くんって、なんかすごい霊能者とかなんじゃないの？　だからそんなピンピンしてるんでしょ？」

「いやいや、俺は至って普通の一般人ですよ……！」

「えっ、じゃあ除霊とか出来ない？」

「やったことないっすねえ……」

「ええー……そっか……」

何やら期待に満ちた声で尋ねてきた店長は、そこでガックリと肩を落とした。

どうやら、本気で俺を当てにして話をしてくれたらしい。まあ、こんな不可解な出来事を誰に相談出来るかと言ったら、それはきっと、同じくらい不可解な何かの当事者しかない。

そう考える気持ちは理解出来る。だが、実際問題、俺が解決出来るかと言えば、それは全く別の話だった。

「…………」

だがまあ、俺以外ならば解決は出来るかもしれない。

戸枝店長は役職特有の傲慢さや冷たさが見える時もあるのだが、別に悪い人ではない。まだ小学生くらいだろう女の子が、得体の知れない何かと暮らしているという状況自体は、心配と言えば心配である。

少し悩んでから、俺は店長に一つ提案をした。

「あの、でも俺の雇い主がさっき言ってた神藤さんなので……その人に年賀状を見てもらうことくらいなら出来るかもしれません」

「えっ、本当？」

ぱっと明るく顔を上げた店長に、曖昧な笑みを浮かべながらつい頷いてしまう。

こんな風に安請け合いしていいものかはさっぱり分からなかったが、せっかく本当にそういう人が来る予定もあるのだし、ダメ元で話してみるのはアリな気がした。

封筒に包み直した年賀状を受け取った俺に、店長は何やら納得のいった顔で何度か頷いていた。

「なるほどねえ、高良くんは神藤さんに弟子入りをしているんだな。まだ見習いなら、名乗ったりしちゃ不味いって訳だね」

「いや、そういうんじゃないんですけど……」

全然全く、これっぽっちもそういうんではないので事実として述べたのだが、店長は違った捉え方をしたようだった。

「ああー、そうだよね、そういう職の人は結構秘密ごとが多いからね、部外者には言えないよね！　ごめんね、変に突っ込んじゃって。とりあえず、何卒(なにとぞ)よろしく頼むよ！」

明るい調子で言った店長は、拝むように俺の前で手を合わせる。その表情は笑顔だが、何処かぎこちない。

この明るさは、きっと気を紛らわすための空元気なのだろう。

霊能者に相談したから大丈夫、と思いたい、というか。

まあ、俺は全く、一欠片(ひとかけら)も霊能者の弟子なんかではないのだが。

事実ではない情報で納得されてしまうのは居心地が悪い。一度訂正しておこう、と思ったものの、タイミング悪く、そこでお客さんが入ってきてしまう。

結局、そのあとは改めて切り出す機会は見つけられなかった。

＊＊＊

一月六日。

俺は自室に伊乃平(イノヒラ)さんを迎えていた。鏡餅の件である。

「君が高良くんか。案外背が高いな」

そう言って笑う伊乃平さんも、平均よりは十分上に見えた。多分、一八〇センチはあるだろう。

実際の霊能者と顔を合わせるなど初めてなもので、どんな格好をしているのかと構えていたが、ごく一般的なスーツ姿だった。鞄もそうだし、街でよく見るサラリーマンといった出立ちだ。

短く揃えた黒髪とシルバーフレームの眼鏡が特徴と言えばそうだが、職業を知らずに見かけたなら、きっと強い印象は残らないだろう。

一つ変わった点を挙げるとするなら、伊乃平さんは、四十半ばだとは思えないほどには若々しかった。

下手したら、弟である神藤さんよりも若く見えるくらいだ。

加えて言えば、兄弟としてはあまり顔立ちが似ていない。神藤さんは温和で優しいおじさんといった感じだが、伊乃平さんにはどうも油断ならない鋭さのようなものがあった。

母親似か父親似かで分かれたのか、それとも何か別に事情でもあるのか。まあ、特に詳しく聞くつもりはない。

「大したもてなしも出来ませんが。ええと、あの、お茶とか飲みますか？」

「ああいや、結構。すぐにお暇（いとま）するんでね」

部屋の作りが作りなもので、本当に大したもてなしは出来そうもない。

人を迎えた時の作法も分からないのでやや狼狽（うろた）えた様子で声をかける俺に、伊乃平さんは気にした様子もなく軽く片手を振った。

壁際に一度鞄を置いて、さっそく部屋に飾ってある鏡餅に近寄る。

「貰（もら）った鏡餅ってのはこれか？」

「あ、はい。それです」

「なるほどねえ」

そうしてしばらく、あれこれと観察するように眺める。

顎に手を当てながら何事か考えていた伊乃平さんは、後方で所在なげに立つ俺を振り返ると、安心させるように笑顔で言った。

「これ自体は別に何でもないから、食べても良いんじゃねえかな」

「そうですか。じゃあ、日が来たら食べます」

良かったような、良くなかったような。

微妙な面持ちで頷いた俺に、伊乃平さんは諸々（もろもろ）全部察しているような顔で笑った。

「逆に言えば、別に食べなくても怒りゃしねえから、適当に理由つけて捨ててもいい。カビ生えたから駄目だったとか」

「えっ。それで良いなら、俺はその、有り難いですけど……でも、一応プレゼントのつもりらしくて……本当に大丈夫なんですか？」

「心配だったら来年の約束してやりゃいいよ。管理が面倒だから次からパックの寄越しな、って」

あっさりと言い放つ伊乃平さんに、不安をそのままに尋ねてしまう。

彼は引き続き、なんとも軽い調子の声音で続けた。

「どうしても不安だったら一口でも食べればいい。そうすりゃ、口に入れたのは事実だしな。ただ言っておくと、神様ってのは――まあアレは神様なんてもんではないんだが便宜上そう呼ぶとして、子供と遊ぶのが好きなんだよ。観音像で遊ぶ子供を咎めたら、咎めた大人の方が神様に怒られたなんてこともあるくらいだし。高良くんはあいつから見れば子供にしか見えないから、多少のことは許されるだろうさ」

子供にしか見えない。

それを聞いて脳裏に浮かんだのは、クリスマスの時の隣人の言葉だった。

「……それ、プレゼント貰った時にも言われました。やっぱり、ああいう存在から見れば二十歳なんて子供同然ってことなんですかね」

だとしたら、此処に住む年月が長くなればなるほど危ないということだろうか。

そんなことを考えながら呟いた俺に、伊乃平さんが軽く首を傾ける。

「あー……いや、そうじゃなくて」

対面に立つ彼は一度ゆっくりと瞬くと、さして興味がある訳でもない視線を俺へと向けた。

「言ってしまえば、高良くんは五、六歳くらいに見えるんだよな」

「……え？　いえ、あの、それは流石に無茶では？」

これでも一応、一七〇センチは超えている立派な成人男性である。何処をどう見ればそんな歳に見えるのか。

困惑する俺を前に、伊乃平さんは淡々とした響きの声で続けた。

「もちろん、二十歳なのは知ってるし、肉体としてはそれだけの年月が経ってるのも分かる。でも俺には君がその年頃の子供に見えるし、多分あいつにもそう見えてるだろう。そんで、それがおかしいことも理解している。だから鏡餅なんかくれる訳だ。健やかに歳を重ねられますようにってね」

「……ええと、意味がよく分からないんですけど」

「そうか？　君もある程度は心当たりがあるんじゃないかな。一定の年頃から一向に歳取ってるように見えないよ、と言われた時にさ、浮かぶ理由が一つも思い当たらないか？」

まるで何かを解きほぐすような連なりの言葉に、俺は一度、立ち止まるようにして思考する。

多分、此処で言う年齢は身体的なことではなくて、なんというか、精神や、もっと言うなら、魂みたいなものの話なのだろう。

俺には具体的なことはさっぱり分からないが、それでも心当たりが全くないとは言えない。もしも俺の予想が正しいのなら、きっとこの世には俺と同じように、見る人が見れば子供にしか見えないような人間が他にも沢山いる、気がする。

だが、それを今言葉にするつもりにはなれなかった。

結局のところそれは、自分と向き合うことと同じような気がしたからだ。

だから、代わりに聞いておかなければならないことを、会話の続きとして紡いだ。

「…………それって、俺が肉体に見合った年齢になったように見えたら、あいつは今みたいに寛容じゃなくなるってことですか？」

「さあ？」

「さあ、って……」

「今の話ならともかく、先の話なんざそん時にならなきゃ分かんねえよ。そもそも俺は君みたいなのを採用したとしても、ここまで上手く収まるとも考えていなかったし。だから結局はさ、高良くん次第なんじゃねえの」

レンズ越しの目は、至って冷静に俺を見つめていた。

「あんな訳分からんもんを相手にしといて、ちょっと理屈らしきものが見えたからって全てが分かる筈がなかろうよ。それに君、人生どうにかなってもいいから来たんだろ？　アレを見て連絡しておいて、先が確約されないのが不安です、って言われても俺には責任は取れんね」

それは確かに正論だった。

俺はあのとんでもなく怪しい雑な募集を見て此処に来たし、やめておいた方が、という神藤さんを押し切って入居した。

そこに今更あれこれ言うのは、おかしな話ではある。分かっている。俺は今、態度にもそれを出すべきではなかった。

だがまあ、弁明らしいものは一応、しておきたい。

「別に……文句言おうとした訳ではないです」

「おや、顔がそう言ってるように見えたもんでね。つもりがないのに悪かったよ」

自省と、ほんの少しの不満から眉を寄せてしまった俺に、伊乃平さんは押し殺すように小さく笑った。

多分だが、俺は今、拗ねた子供みたいな面をしていることだろう。

そんなつもりはないのだが、知らずそうなってしまう。それはなんというか、伊乃平さんの持つ雰囲気がそうさせるところも確かにあった。

「分かってるよ、死にたかねえよな。俺だって、ここまで上手くやってる奴に変に冷たくするつもりもない。聞きたいことがあれば好きなだけ聞けばいいし、もしも本当に此処を離れたくなったなら、なんとか無事に抜けるくらいの手伝いはしてやれる。今のは、単なる事実の羅列だよ。人間程度に分かるようなことなんざ、この世にはほとんどないってだけの話」

伊乃平さんは少し諦念を含めたような声で呟いた。

「とりあえず、なんかあったら光基に連絡くれよ。一応、雇った側として力になる気はあるからな」

「……えっと、じゃあ、それって今でもいいですか？」

「もちろん。何かな」

「バイト先で変な話を聞いて預かってきたものがあるんですけど……」

慌てて、壁にかけたリュックを漁り出した俺に、伊乃平さんはどうしてか、やや虚を衝かれたような顔で二、三度目を瞬かせた。

意外そうに眉を上げる彼の前で、とりあえず鞄を開く。

現在、俺がまともに使っている鞄はこのリュックのみである。職場に持っていってるのもこれであり、あの日店長から預かった年賀状は、この鞄に入っていた。

「これなんですけど」

家族写真のところを見せながら、俺は店長から聞いた話を伝える。

よく分からない理由で離婚して娘を連れて実家に帰った妻と、そんな妻の実家から娘の要望によって届いた年賀状。そしてそこに写っている、此方を覗き込むような大きな目玉。

得体の知れない事態に陥っている気がして不安だから、霊能者に相談をしたいという話。

俺が並べるそれらをさして興味もなさそうに聞いていた伊乃平さんは、年賀状を受け取ると、表書きの住所を確かめた。

「岡山か」

それだけ呟いて、再度写真を見やると、スマホで表面と裏面を撮影して、俺の手に戻した。

「これは持ち主に返しても良い。どうなるかは分からんが、向こうに戻るついでに立ち寄ってみるし、何かあったら光基経由で連絡するよ」

伊乃平さんはそれだけ言うと、この話は終わりとばかりに言葉を切った。その先に繋がる気配がなくて、思わず声を上げる。

「え。あの、良いんですか？」

「何が？」

「いや、その、解決の報酬というか……先払いで何かあった方が良いとか……」

「あー、良い良い。俺は人間を相手にした時にしか金取らねえから」

「でも、移動費とかかかる訳じゃないですか。店長に言えばそのくらいは貰えると思います
し……」

伊乃平さんは受け取るつもりがないようだったが、流石に何も出さないのは悪い気がする。いいって、と言う伊乃平さんにそれでも今一つ引き下がれないでいると、彼はあまり興味もなさそうに言い放った。

「あー、じゃあ今度××神社行って、『神藤伊乃平さんが助けてくれました』って報告しといてくれ。場所は光基が知ってるから」

よく分からないが、「金よりそっちの方が嬉しい」と言われたので頷いておく。ちなみにこれは店長が行くより、俺が行った方が良いそうだ。

「で？　あとは言っとくことないか？」

「あとは特に、大丈夫です」

「本気で言ってる？」

「え、何が……あっ！」

鞄を手にした伊乃平さんの目がキッチンの棚に向いていたので、俺はすんでのところで

写真を思い出した。

そろ、と足を運び、近頃どうも意味もなく開きがちなそこから、例の写真を取り出す。

ちなみに、表面は視界に入れないように、慎重を期した。

「あの、あいつから貰った写真です。多分何かあるんですけど、どうやって処理すれば良いか分からなくて」

「なるほどな。ちなみに、何写ってたか覚えてる？」

「えーと……誰かの足でした」

そっと差し出した葉書サイズのそれの表面を、伊乃平さんは受け取ると同時に確かめ、

「口まで見えてんじゃやねえか」

ぽつりと、聞かせるつもりがあるかどうかも分からないような声音で呟いた。

それでも、対面にいる俺には十分聞こえる声量である。

俺は静かに目を逸らして、出来るだけ考えないようにして、やっぱり『口まで見えてる』の意味が離れなくて、とりあえず一度目を閉じた。

俺の記憶が正しいなら、あれは膝までの足の写真だった筈である。

口という単語が出る時点でおかしい。そんなものは写っていないからだ。

「…………」

ちら、と窺うように視線をやった俺に、伊乃平さんは裏面を此方に向けたまま、軽く写真を振った。

「見る？」

「いえ」

「ああ、そう。別に見ても死にゃあしないんだがね」

本気で見せるつもりで聞いた訳ではないのだろう。伊乃平さんはあっさりと写真を鞄にしまった。

そうして、帰り支度を整えると軽い挨拶と共に踵を返す。玄関先まで一応見送った俺は、そこでもう一つ聞いとかなきゃならないことを思い出した。

「すみません、あともう一個あって」

「ベッドのは無理だな」

伊乃平さんは、靴を履きながら端的に言った。

「……それは、こう、除霊出来ないほどに凶悪……みたいな意味ですか？」

「いや。害がない代わりに捕まんないから無理。あいつも放っといてるだろ？」

あいつ、と隣の部屋を親指で示される。確かにその通りだったので、どうやらベッドに関しては諦めざるを得ないようだった。

まあ、訳の分からん写真の処遇が片付いただけでも十分過ぎるほどである。なんか、口とか見えてたらしいし。口ってなんだ。絶対知りたくない。

「あの、ありがとうございます。年賀状も、写真も。俺じゃあどうにも出来なかったと思うので」

頭を下げた俺に、伊乃平さんは若干居心地の悪そうな顔で眉を寄せたあと、やや呆(あき)れた様子で言った。

「君、あいつの友達向いてると思うよ」

「……それは喜んでいいんでしょうか」

「いや、別に褒めてはない」

「なるほど」

なるほど、以外に特に言いようはなかった。確かに、褒め言葉とするには微妙な事実である。

「じゃあ、一旦さようなら、ってことで」

最後に伊乃平さんは俺の手を借りると、何やら二、三変わった仕草をしてから帰っていった。

扉が閉まるのを見送って、それからふと気づく。

今し方別れたばかりなのに、伊乃平さんの顔が一切思い出せなかった。

「…………………」

確かに見たものが全く思い出せないというのは、若干不安を抱く現象である。主に、現実的な脳だのなんだのの問題として。

だがまあ、これはちょっと俺の与り知らぬ領域のことで、そして、必要だからそういう風にしたのだろう、ということは理解出来た。

出来れば、言ってからやってほしかったが。

厄介さで言えば、もしかしたら隣人と同じようなものなのかもしれない。

『よくない人ではあるけど、悪い人と言うほどでもない』という神藤さんの言葉が、脳裏にぼんやりと浮かんでいた。

部屋の郵便受けに入っていた手紙

こんにさわ　わたしのなま
えは　すみえゅなです

このまぇは　おどろ
か
か　かせてごめ　んなさい
わたし　おはなした
かったので　さきにあしこいさました

お　コらわました

いま　わたしの　おへやは
　ぜんぶ　ごちゃま　ぜになって
とけまいました

とぉえ　いくゆ　おかあさん　おかあさんは
しなくなりました

きえましましたので

　おか　あさん　いらないですぬ?・?

わたし　も　とけちゃって　ぃやてす
　こわい　です

おに　さん　は

　お　かあさん　いらなぃと　ひと　と　おもします

おかあ　さん　くだちい　くださしです

　おねがし　もつしのいます

うまく　もじが

　かけなくて　たいへん　どち　か

まえは　かけまJた

ごめ　んなち　い

ください

おねが　い　します

部屋の郵便受けに入っていた手紙

『ただいま』

「友達から聞いた話なんだけどね」

大学二年生の頃の話だ。

当時仲の良かった仲間内の一人——Rが、「家に何かがいる」と相談してきたのだという。

何かとはなんだ、と聞いても、なんだか要領を得ない説明しか返ってこない。

随分と混乱しているらしいRは、しばらく頭を抱えて俯くと、ようやく整理がついたのかゆっくりと話し始めたそうだ。

防犯対策の話だが、女性の一人暮らしで帰宅時に『ただいま』と声をかけることで同居人の存在を仄めかして、不審者への牽制をする方法がある。

Rは元から心配性で、小柄で筋力にも自信がなかったので、同じように「ただいま」と言いながら部屋に入るようにしていたそうだ。

立地と家賃の関係で、あまり防犯性が高いとは言えないアパートに住んでいることも、心配性に拍車をかけていたのだろう。

友達とルームシェアでもしているように見えれば、と思って続けていたRなのだが、近頃それに返事が返ってくるようになったそうだ。

「おかえりー、って何かが言ってくんだよ」

だから、何かってなんだよ、と誰かが聞く。

けれどもRは、そんなの俺にも分からん、と首を振るだけだった。

他の住人が悪戯(いたずら)してんじゃねえの?と言う友人たちに、Rはつらつらと並べ立てた。

「いや、俺だって最初は警察案件かなとか、壁薄いから文句的に乗っかってんのかなって疑ったよ。でもさあ、そもそも盗(と)るもんなんかマジでないような部屋だって見れば分かるし、別に防犯対策なんていくらやったって損しないからやってただけだし、そもそも俺が帰る時間と隣の部屋の奴(やつ)が帰る時間違うし、とにかく誰もいないんだよ。いないけど返事だけすんの。なんか音に反応するやつ仕掛けられてんのかなとか考えたって、わざわざ俺にそんなこと仕掛ける奴らなんかお前らくらいしかいないっていうか」

息継ぎも怪しいそれを遮ったのは、その場に上がった手のひらだった。

説明とも言えない吐き出しを一旦止めて、呆れたように誰かが問いかける。

「要するに、それ話して俺らにどうしてほしいわけ?」

Rは一度グッと詰まって、ちょっと気まずそうにしながら、『誰か一緒についてきてほしい』と頼んだ。

だったら最初からそう言えよ、というのがその場の総意である。

だがまあ、Rが小心者でややこしい男なのは、今に始まったことではない。

その慎重さに助けられたことも何回もある訳で。

時間の合う奴が家の様子を見に行くこと自体には、特に不満は出なかったそうだ。

「なんで引っ越さんの？」

「俺んちはお前みたいに金有り余ってねえんだよ」

「あははカワイソー」

「うっせ、同情するなら引っ越し資金寄越せ」

「トイチな」

そんな戯れあいじみた会話を交わしつつ、結局Rを含めた三人で彼の部屋に向かった。

辿り着いた先は、よく見る作りのアパートだった。

あまり日の当たらない一方通行の道路から更に小道に入ったところに、少し陰気な雰囲気を漂わせて佇んでいる。

Ｒの部屋は通りから見れば一番奥に位置していて、突き当たりには隣家のブロック塀が並んでいた。

時刻は午後五時頃で、季節的にはまだまだ明るい時間帯だ。

まずは実際に見せてもらおうとなって、いつものように部屋に入ってもらうことにした。

不安の滲(にじ)む顔で鍵を回したＲが、扉を開いて、薄暗い室内へと声をかける。

「……ただいまー」

正直に言えば、友達はこの時点では、本気で何かが起こるなどとは思っていなかった。

Ｒは元々神経質な奴だし、バイトやら学業やら、将来への不安やらでちょっと気が滅入(めい)っているだけだと考えていたのだ。

「おかえりぃー」

だから、声が聞こえた時にも、まず最初に一緒に来ていた別の友人——Ｋを疑った。

どうせ悪ふざけをしているのだろう、と思って。

けれども、隣に並んでいるＫも、ちょうど同じような顔をして此方(こちら)を見つめていたそうだ。

お前が言ったんじゃねえの?という視線の問いに、無言で首を振る。

そもそも、今の声は間違いなく室内から聞こえていた。

扉の取っ手を握ったまま、警戒するように室内を窺(うかが)っていたＲが、ゆっくりと振り返る。

暗く沈んだその顔は、自分で言っておきながら信じたくはない、というような表情だった。

「……な？　聞こえるだろ？」

縋るような確認の声に、とりあえず肯定を返す。

三人いて三人ともが聞いていたのだから、聞き違いということはないだろう。

例えば、これが別の友人の家で起こったことなら悪戯を疑ったかもしれない。

だが、友達から見るに、Ｒは決してそういうことはしないタイプだった。

もし仮に家だけ使わせてくれと言われたとしても、『自宅で心霊現象が起こったことにされる』という状況自体を嫌がるくらいの人間だ。

「どうせだから、中も確かめてくれよ」

不安げに手招くＲに続いて、仕方なく室内へと入った。

家賃に見合った、狭い作りの部屋である。

玄関入ってすぐの左手側にトイレとその奥側に小さなキッチン。

右手側に浴室がなんとか収まっていて、玄関からはすぐに室内が見渡せる。

フローリングの一室には布団と雀卓にもしている炬燵机、その他雑多なカラーボックスやら何やらが詰め込むように並んでいた。

わざわざ見て回る必要もないほどの部屋だ。収納だって既に満杯で入れるような場所はないし、誰かいればすぐに分かる。

先ほどの声の主が何処にもいないことは明白だった。

幾度か意味のない言葉を声を出してみても、特に反応はない。

狭い室内で、男三人で立ったままそれとなく視線を交わす。

「……これってさあ、此処でもう一回『ただいま』って言ったらどうなんの？」

口火を切ったのはKだった。

え、分かんない、とRが小さく答える。

この現象が起こってから、そんな風に試したことはないそうだ。

「何処から聞こえてるのか分かったら、それが原因なんだから取り除けたりしないか？」

例えばよくある話のように、収納の隠れた奥に妙なお札があってそれが剥がれているだとか、風呂場に何かがいてそれが答えているのだとか。

原因があれば対応も出来るだろう、という話だった。

ただただ薄気味悪さに怯えていたRとしては、そういう発想はなかったらしい。

友人二人がいるし、まだ陽もあることで幾らか安心感もあったのだろう。

Rはその場で何処に向けてということもなく「ただいま」と口にして、

「おかえりぃー」

と、耳元で響いたそれに身を強張らせた。

「…………」

三人は揃って無言になった。

その声は、Rの耳元にだけ聞こえた訳ではなかったからだ。

友達の耳元でも確かに聞こえたし、反応を見るにKの耳元でも聞こえたのだろう。

ごく近い後ろから、随分と嬉しそうな声が。

後ろを振り返ったが、何の姿もなかった。

だが、気のせいとするにはあまりにも明瞭な声だった。

聞こえ方から察するに、家にいる何かは、帰った時には家の奥にいて、帰宅後はずっと後ろについていているのではないだろうか。

別にわざわざ言葉にはしなかったが、想像するには十分すぎるほどの材料だった。

とりあえず、Rはその日はKの家に泊まったそうだ。

その際に、もう『ただいま』を言うのを止めたらどうか、という話になったらしい。

Rは現象が起こってからというもの、怯えながらも挨拶を続けている訳だが、それは、今度こそ何もいないことを確かめるためでもあるし、あるいは怪奇現象によって行動を変えたらそれの存在を認めてしまうような気がする、という感覚からの行動でもあったようだ。

けれども、呼びかけない限り向こうからもアクションがないのなら、素直に挨拶を止めればいいのではないか、とKは提案したそうだ。

確かに、挨拶に反応するのなら、言わなければそれで済む話である。

ただ、Rとしてはもう、何かがいると客観的に判断出来た時点で嫌だったのだろう。

わざわざあんな話をして呼んだのも、あの場で友達やKが『そんなの聞こえないし、気のせいじゃね』と言ってくれることを期待していたのだ。

結局Rは、実家に泣きついて父親に金を借りることで部屋を出る資金を用意したらしい。

多少苦労したようだが、無事に話はついたそうだ。

ただ、荷造りのためにも一度はあの部屋に戻る必要がある訳で。

友達は怯えたRに頼られて、後日再びKと共に部屋の荷造りを手伝うこととなった。

その時はわざわざ挨拶なんてしなかったし、特に変な声が聞こえることもなかった。

無事に別の部屋に引っ越しも済んだし、まあこれで一件落着となるだろう。


そんな風に思っていたある日。今度はKから話が出たそうだ。

「多分さー、この間のあいつ、俺の部屋についてきてるっぽいわ」

引っ越しを手伝ってからしばらくして、Kは何かの節にそう語った。

なんでも、自室でふとした時に零した独り言に、例の声で返事があったそうだ。

それは別に、何を呟いたのかすら思い出せないほどに些細な言葉だったらしい。

ネットニュースに対する感想だったか、それともたまたま買った新発売の飲み物への一言だったか。あるいは単なる疲労を表しただけだったか。

ともかく、一人の部屋で呟いたそれに、明確にあの時の声が聞こえたそうだ。

状況的にも同じように、すぐ後ろの耳元で響いたのだという。

「なんで鞍替えしたのかは分かんねえし、もうあの女、挨拶とか関係ないみたいでさ……まあ、何されるって訳でもないからいいんだけどよ」

心配性のRとは違い、精神的にも強いKにとっては、ちょっと気味の悪い体験程度で済んでいるようだった。

なんだったら、飲みの場などで使える面白エピソードくらいには思っていたかもしれない。

「お前のとこには来てないよな？　来てんなら一緒に除霊でも行かね？」

笑い混じりに尋ねてくるKに、友達は思い当たる節がなかったので断りを返したそうだ。

そもそも部屋で独り言を言っているかも、あまり意識していない。

言われたせいで逆に気になってきたじゃないか、とぼやいた友達に、Kは明るく、悪い悪い、と笑っていた。

ただ、その話をして別れた際に、友達は些細な違和感を覚えたのだという。

掴みどころのない小さなものだったから、すぐに意識の外へと流れてしまったそうだが。


違和感の正体に気づいたのは、次にRの方から話を持ちかけられた時だった。

「あの男、やっぱり俺についてきてるみたいなんだよ……」

弱々しい声で呟くRの言葉を聞いて、友達は以前感じた違和感について思い出したそうだ。

アレやっぱり男だったよな、と。

Kの言葉が言い間違いでないとするなら、彼が聞いたのは女の声だという。

けれども、Rが再び相談を持ちかけてきた話ではアレは男だったし、友達が聞いた声もそうだった。

あの部屋には複数の何かがいた、ということだろうか？

今一つ納得がいかずに訝しむ友達を置いて、Rはスマホを手に話を切り出した。

あれからどうも気になって、Rはあのアパートについて調べてみたらしい。

そうして調べた結果分かったのは、彼処には何一ついわくになるような出来事はなかった、ということだった。

あの部屋に限らず、アパート自体でも事故らしい事故もないし、死人も出ていない。近場で事件があった訳でもない。

土地に何かがある様子でもない。もちろん、Rには調べようもないような深い事情がある
ことも考えられるかもしれないが。

少なくとも調べられる限りは、彼処に変な噂はなかった。

だからこそあの男の声が何かも分からなくて、何だか前より不気味に感じるのだという。

「Kはその話知ってるのか？」

「この間二人で話したけど、なんか変な顔してたかな」

恐らく、性別の違いが気に掛かったのだろう。

Rはアレが男だと信じ切っているから、わざわざKの方に出た幽霊の性別など聞かずに話
したのかもしれない。

Kの方には女性の霊か何かがついているらしい、と伝えると、RもRで、少し妙な顔をした。

男だったよな、と確認されたので、一応頷いておいた。

けれども友達としては、声を聞いたのはあの一度きりで、それ以降何かがあった訳ではな
いから、確証を持って肯定出来るかというと微妙だったようだ。

ただまあ、何かがいたことだけは確かである。

お祓いとか考えた方がいいのかもな、と零した友達に、Rは絶望的な声で「でもそれって

金かかるじゃん……」と弱々しく呟いていたそうだ。

何をするにも金が掛かる。世知辛い話だった。


それから更にしばらくして。

今度はRとKが二人揃って友達のもとへとやってきた。

「例の何かが、混ざり始めててさ」

二人は口を揃えて、そんな風に言った。

全くピンと来なかったもので首を傾げる友達に、二人は起こった変化について語り出した。

Kが自分のもとについてきたと思っていたアレは女だったし、Rが自分の部屋にいると思っていたアレは男だった。それは間違いがない。

けれども、二人が互いの見たアレの詳細について確認が取れた頃から、それらがごちゃ混ぜになり始めたのだという。

男のように聞こえることもあれば、女のように聞こえることもある。

挨拶をしなければ出てこない筈なのに独り言にも反応し始めたし、なんだったら、勝手に風呂場の扉越しに影が出るようになった。

玄関の前に髪の毛が落ちるようになったり、ベランダで変な声が聞こえるようになった。

寝ている間に足を触られる感触があった。カーテンが勝手に膨らんでいた。

やたらと右手を怪我（けが）する頻度が高くなった。片耳が最近聞こえにくいような気がする。聞こえにくい方の耳の側（そば）で、何かが喋（しゃべ）っているような気がする。

友達はそれらを聞いている内に、一旦、二人の会話を遮ったそうだ。

一度止めた方がいい、と思ったのだという。

なんというか、多分、全てが良くない方向に向かっている気がして。

怪奇現象を語る二人の声には、なんだか嫌な熱が籠もっているように聞こえたそうだ。

友達は、一旦、話の主導権を譲ってもらった。

まず、事実として。

始まりの、『ただいま』と呼びかけることで『おかえり』と返ってくる声——という現象自体は実際にあったことだ。

それらは何のいわくもなく、死人も何も出ていないアパートで、恐らくは偶発的に始まった何かである。

けれども、ただの声だったはずの怪奇現象は、今では立派な実害を伴うようになっている。

二人が例の何かをおかしい、と思い始めてから、急速に。

友達の頭には、その時一つの仮定が浮かんでいたそうだ。

聞こえた声の性別に違いがあったのは、Rの話を聞いた時に思い浮かべた声が異なったからではないだろうか？

Rは初めに『何か』の話をする時に、特に性別に言及はしなかった。

彼にとっては自室に何かがいるということが重要であって、いないことさえ確かめられたらそれでいいから、必要のない情報だったのだろう。

あの時のKはなんとなく、その何かを女性だと想像したのではないだろうか。そして、友達自身は、男性として想像をした。

だから、聞く人によって声の印象が変わったのではないか。

それはつまり、件のアレは、想像によって形を変える何かである、ということだ。

そんなものを相手にしているのなら、もしかしたら二人の間で何か良くない想像が膨らみすぎているために、こんなことになっているのではないだろうか。

そんな予想を語った友達に、二人はしばらくの間、黙り込んだ。

多分だが、何か心当たりがあったのだろう。

Rはしばらくの沈黙の後に、ぽつりと呟いた。

「……俺さあ、防犯のために『ただいま』って言ってる時に、返事が聞こえたらやだなーって思ってたんだよね」

嫌だな、と思っていたことが、気づいたら本当になっている。

やはり、今二人に起こっている現象についても、同じような状況であるらしい。

彼処にいたら嫌だな、こういうことが起こったら嫌だな、と思っていることが、現実になっている。

友達は、一回本当にお寺でも神社でも、自分が信じられるもののところに行ってみることを勧めたそうだ。

もしも思い込んだことで起こったのだとすれば、同じくらいに思い込めるようなものに縋(すが)れば、きっと本当に効果があるのではないか、と。

少なくとも、このまま変に悩んで袋小路に陥るよりは、余程まともな選択ではないか、と。

あくまでも真剣に提案した友達に、二人とも比較的素直に頷いたそうだ。

その後、二人はそれぞれ何やら解決のために動いて――それ以来、特に妙なことは起こっていないのだという。

そうして何もかもがすっかり落ち着いた頃、Rはぽつりと呟いた。

「でもさあ、結局、あの『おかえり』の奴(やつ)は、なんの理由もないのに現れたってことだよなあ」

心底不安そうなRの声を、友達は今でもなんとなく思い出すことがあるらしい。

「——怖かった？」

年明け初めての怪談である。

約一週間ぶりに出てきた隣人は、これまでと何ら変わりない調子で、仕切り板の向こうから口を覗(のぞ)かせた。

新年だろうがなんだろうが、特に予定には変わりはないらしい。

ただ、いつもよりも長めだった気がするのは休眠明けだからなのだろうか。

そんなことを考えながら、此方(こちら)も普段と変わらず、軽く感想を述べておいた。

確かに、勝手にこっちの想像を喰(く)らって育つような怪奇現象は、素直に怖い。

俺もたまに、部屋で独り言とか言ったりするが、それに返事が来たら嫌だし、不安にもなる。

不安に思うことを止(や)める、というのは大分難しいので、結構厄介なのではないだろうか。

特に今回の場合は、実際に起きているのを目の当たりにしている訳だし。

いや、まあ、俺も毎日のように見てはいるんだが。あれも、過度に怖がったりしてたら勝手に増えたりすんのかね。

シンプルに嫌だな。実害があるところが特に。

なんとも言えない気持ちになりながら、俺は半纏(はんてん)のポケットから、怪異——あるいは幽霊からの手紙を取り出していた。

今朝方、玄関扉についている郵便受けに入っていた手紙である。

差出人は澄江由奈だ。七〇五号室から来て、直接俺の部屋に投函したのだろう。どうやったのかは、あまり考えないことにした。

変に機嫌を損ねるといけないので、一応は隣人にも見せるつもりでベランダに出る時に持ってきたのだ。

もうすっかり興味が失せているのか、初めに見せても、あまりこれといった反応はなかったが。

ちなみに、手紙といっても便箋に書かれている訳ではない。

ノートか何かを千切ったらしき紙に、べたべたの何かで辿々しい文言が綴られている。

読み取れる限りの文言を整理するに、どうやら澄江由奈は『おかあさん』を欲しているらしい。

『おに　さん　は
お　かあさん　いらなぃと　ひと　と　おもします』

並ぶ文字列を眺めながら、ぼんやりと考える。

いるか、いらないか。死んだら嬉しいか、という問いと比べれば、幾分答えやすい気はした。

だがこの場合、どちらにどう答えても、結局行き着く先は同じではなかろうか、とも思う。

「あげるの?」

隣人は若干愉快そうな響きを隠しもしない声で、なんとも気軽に尋ねてきた。

答えるつもりもない内に、うーん、と唸り声が漏れる。白い溜息が、ベランダに緩く溶けた。

「そもそも、くださいって言われたって、俺のものでもないしなあ」

「別に、いいよーって言えばいいんだよ。それだけだよ」

どこまでも、純然たる事実を述べるだけの声音だった。

だからきっと、単なる事実なんだろう。いいよ、と言えばそれで済むのだ。恐らく。

済ませていいのかどうかは、さっぱり分からない訳だが。

何となく、拠り所を探すようにして首元を摩っていた俺の隣で、あいつはのんびりとした声で呟いた。

「ユナにあげたら、りさいくるだし、えこだよ」

「なんて?」

「えすでぃーじーずだよ」

「何?」

SDGsは別に違くないか? ちゃんと分かって使ってないだろ。

あと今、もしかしなくても俺の母親をリサイクルする話をしてるか？

突っ込みたいことが諸々多すぎて、あれこれ言い合ってる内に、隣人はいつものように挨拶を残して引っ込んでしまった。

とりあえず、ＳＤＧｓについては、俺も別に上手く説明は出来なかった。

『コインランドリー』

「友達から聞いた話なんだけどね」

大学生の頃の話だそうだ。

部屋の洗濯機が壊れてしまって、コインランドリーを利用しなければならなくなったらしい。

友達の当時の部屋の近くには、コインランドリーが二つあった。

一つは家から歩いてすぐの場所にある、本当に営業してるかも怪しい古い店。もう片方は、二十分ほど歩くが、入り口も自動ドアの新しい店だ。

友達は少し迷って、まずは古い方の店に向かうことにしたそうだ。使い勝手が悪そうなら、新しい方へ行けばいい、と思って。

辿(たど)り着(つ)いた古びた店内では、四台の乾燥機と二台の洗濯機が、それぞれ左側と右側に並んでいた。

店内の中央にこれまた古いベンチが置かれている。

正面の奥には、レトロというのも烏滸(おこ)がましいような作りの、柔軟剤の販売機が取り付けてあった。

どうも薄暗いと思ったら、蛍光灯は二本の内の一本が抜けていた。全体的に陰気に見えるのはそのせいだろう。

ただ、張り紙を見るに管理はされているようだし、使う分には問題はなさそうだった。

洗濯機を回して、待っている間に目的もなく携帯を弄(いじ)っていたそうだ。

十分ほどが経(た)った頃。

友達はふと、背後で鳴き声を聞いた気がした。

猫の鳴き声である。

それも、尋常ではない響きのものだ。

最初は、何処(どこ)かで喧嘩(けんか)している猫でもいるのかと思ったらしい。

それから何度か聞こえて、響き方からして、店内にいるものだと分かったそうだ。

古すぎて何処かに穴でも開いていて、迷い込んだのかもしれない。

変な嵌(はま)り方をして、苦しんでいるのだろう。流石(さすが)に無視するのも心苦しい。

そう思って、店内を確かめようと振り返った友達は、すぐに異変に気づいたそうだ。

蓋の閉まった乾燥機の中に、猫――のようなものが詰まっている。
友達はそれを、恐らく猫だろう、と判断した。
鳴き声が猫だったから。それ以外に判断材料はなかった。
それらは、一匹二匹の話ではなかった。
十何匹という無数の猫が、乾燥機の丸いガラスに顔を押し付けている。
生身の存在だとは思わなかったそうだ。
一目見て、生きていないと分かる顔をしていたのだという。
折り重なるようにして、乾燥機の中に猫が収まっている。異様な光景だった。
ただ、それらは存在以外に何を主張するでもなかったらしい。
洗濯終了の音に引かれて目を離した隙に、綺麗さっぱり見えなくなっていたそうだ。
友達は、洗い終えた衣類を持って、逃げるように店舗を出た。
以降は、多少遠くとも新しい方のコインランドリーを利用したらしい。

洗濯機も無事に直って、半年ほど経った頃。
その近辺で、野良猫を捕まえて殺していた男が逮捕されたそうだ。
記事を見た時、友達は乾燥機の中にいた猫たちを思い出したらしい。

それ以来、友人は緊急時でも、あまりコインランドリーは使う気になれないのだという。

「うん、まあ。犬の時より不気味かも」

何故だろう。なんとなくだが、猫が死ぬ話の方が、犬が死ぬ話より怖い気がする。

犬は忠実なイメージがあるが、猫は気まぐれで欲に素直に見えるからだろうか。

化け猫はよく聞くけれど、化け犬と言われてもピンと来ないのも関係しているかもしれない。

猫の方が怨念を抱きそうなイメージがあるというか。まあ、なんにせよ、生き物を虐げるために殺す人間が出てくる時点で十二分に怖いのだが。

隣人の話は全くの架空だけれども、実際にそういう類いの人間は存在する訳だし。

生きている人間の方が余程怖い、とはよく言う。

この辺りにはそういう変な人が住んでいないといいんだが、などと思いつつ、ぼんやりと茜空を眺める。

隣人はまだ部屋に戻るつもりはないようで、手遊びのように黒く爛れた指を揺らしていた。

「タカヒロは猫派？」

「いやあー……どうかな……」

「じゃあ犬派？」

「うーん……強いて言うならパンダ派とかかもしれんな」

「ぱんだ」

犬にも猫にも強い愛着を抱いたことはない。

ただ、見た目でどちらかを選べと言われたなら、俺は恐らく犬を選ぶと思うし、もしも家で飼うことを想定するのなら、別にどちらも選びたくはなかった。

犬猫に限らず、あらゆる生き物に対してがそうだ。

何処かの立派に管理されたところで、健康に暮らしてそうな生き物がいい。そっちの方がより気軽に、安心して好きだと言える気がした。

そういう意味でなら、動物園にいる生き物は大抵が好きだ。虎とか。ゴリラとか。熊とか。カバとか。

思い浮かべていたら、なんだかちょっと見たくなってきたな。せっかく自由な時間があるんだし、今度行ってみてもいいかもしれない。

近場の動物園を調べつつ、隣人に問いを投げ返す。

「お前は？」

「ウシ」

「はあ、なんでまた」

「おいしいから」

「…………………」

食べる方の話はしてなくないか？

それとも、俺が勝手に勘違いをしていただけで、食べる方の話をされていたのだろうか。

いかん。パンダ派のままだと、絶滅危惧種を食ったことになってしまう。

いや別に、ただの雑談なのだから、何がどう判断されようと構わないのだが。

『食べる』つもりで話したのだと思われるのは、なんだか居心地が悪かった。

「味の話だったら、俺だって豚とかがいいよ」

「ブタかあ」

「生姜焼きとかさ、美味いじゃん」

「食べたことない」

「あー、まあそうだよな」

「今度ちょうだい」

食べたことがある、と言われた方が驚きである。

気に留めることもなく聞き流した俺は、直後なんとも軽い調子で響いた声に、ゆっくりと仕切り板へと目をやった。

「ちょうだい」

隣人の姿は、すっかり板の向こうに隠れてしまっている。

たとえ異形の存在であっても、手の端やらの仕草が見えるだけでも結構予測が立つものなのだが。

なんと答えようか。

迷いかけたが、迷っていると悟られるのも嫌だったので、俺は無理やり間を埋めるように言葉を紡いだ。

「じゃあ、今度買ってきてやるよ、生姜焼き弁当」

「弁当！　お米もついてくる、おいしいね」

「多分、肉の下にパスタもついてると思うぜ」

「パスタ……？　なんで……？」

「うーん、かさを増してんじゃねえかな……」

あるいは箸休めだとか？　そういえば気にして食ったことねえな。

何やらガチ目の困惑をしている隣人の声を聞きながら、なんとなく気になったので調べてみる。

正しい見解が載っている訳ではなかったが、知恵袋にいくつか記載があった。

それによると上の具材の油を吸わせるためで、使いやすさからキャベツの代わりにパスタになったらしい。

あとはやっぱり、かさ増しもあるようだ。なるほどな。便利だな、知恵袋。

受け売りでそのまま教えてやると、隣人は何やら感心した様子だった。パスタも食べたことはないそうなので、楽しみにしているそうだ。

いつでもいいからね、と言い残して、去っていった。

まあ、またグミを買うのと同じタイミングででも買っていってやろう。

少なくとも、手作りにしろ、と強要はされなかった訳だし。

「…………」

ところで、あいつは箸を使えるのだろうか。

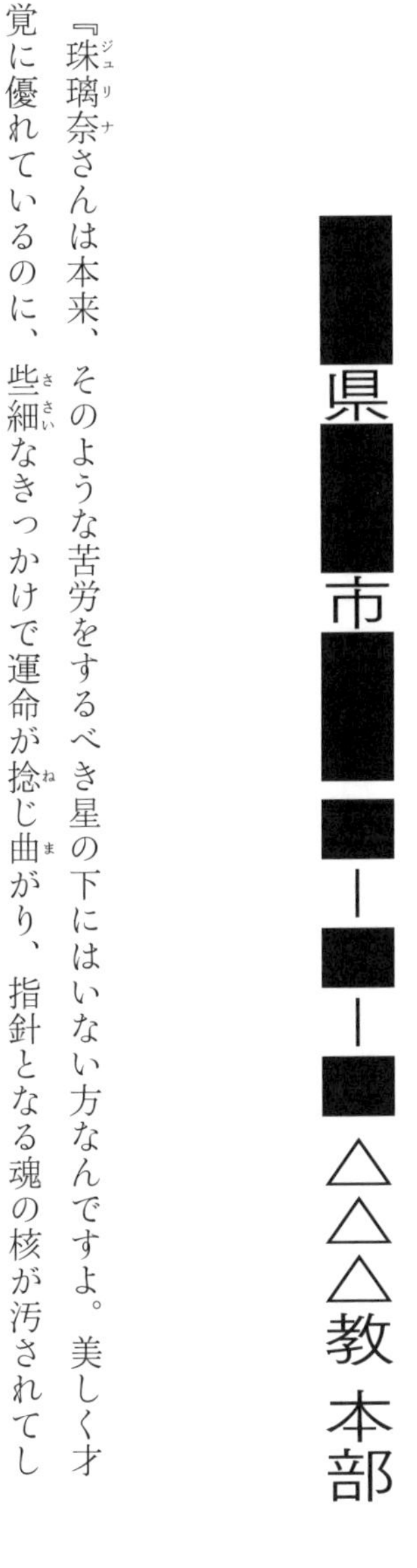

■県■市■■－■－■　△△△教　本部

『珠璃奈さんは本来、そのような苦労をするべき星の下にはいない方なんですよ。美しく才覚に優れているのに、些細なきっかけで運命が捻じ曲がり、指針となる魂の核が汚されてしまわれただけなんです』

■様がそう言ってくれた時、私はようやく報われる気がした。

その通りだ。私はしなくてもいい筈の苦労をし続けている。私には他の人にはない特別な才能があるのに。

価値を理解しない凡人たちが私を押し潰したせいで、必要もないのに辛く苦しい目に遭っているのだ。

私は幼い頃から、飛び抜けて可愛い女の子だった。

クラスに同じレベルの子なんていなかったし、それこそ名前の可愛さくらいしか比べられるものはなかった。

〇〇ちゃんも××ちゃんも、名前負けしてて可哀想だった。みんな、もっと普通の名前にしてもらうか、私みたいに可愛いければ、変に揶揄われることもなかったのに。

本当に、心底哀れに思っていたけれど、私は馬鹿じゃないから、そんなこと態度には出さなかった。

いつだって良い子でいたし、小学校でも中学でも高校でも、誰とでも仲良くした。

表立って悪口なんて一言だって言わなかったし、みんな『珠璃奈ちゃんって本当にいい子だよね』と褒めてくれた。

いい子ぶってるなんて言われたけど、そもそも表に悪感情を出す方が間違っている。少なくとも私は、裏でも表でも、誰にも悪口なんて聞かせなかった。

どうやら、可愛くない子は悪口で結託しないと友達も作れないらしい。

なんて大変なんだろう。ずっとそうやって暮らしていくのかな、と思ったらなんだか可哀想だった。

私みたいに可愛ければみんなの方から友達になりたがるし、何かあっても許してくれる。

そうそう、何もせずに待ってるだけでスカウトだって来た。だって可愛いから。

東京に行けば、私というとびきりに可愛い子がいることを、沢山の人に伝えられるのだ。

そしたらきっと、お母さんだって喜んでくれる。

お姉ちゃんを見習いなさい、とか、訳の分からないことも言わなくなる。

でも、私がスカウトされたことを知ったお母さんは、名刺を破って捨ててしまった。

意味が分からなかった。私の長所は、誰が見たってこの容姿なんだから、それを役立てる仕事に就くのが当然なのに。

『ああいう華やかな世界では、可愛いなんて当然のことなのよ。もっと他にアピール出来る長所がないといけないの。珠璃奈は普通に就職をして、しっかりした人と結婚した方が幸せになれるよ』

お母さんは知ったような口ぶりで、当たり障りない、諦めさせるためだけの言葉を吐いた。

私の価値なんて何一つ理解していない、記号的な助言でしかなかった。

嫉妬してるんだ、とすぐに察した。

私がお母さんじゃなく、伯母さんに似て可愛く育ったから。

お母さんはいつもそうだった。

自分に似ているお姉ちゃんばっかり構って、私のことなんて後回しにしていた。

そのくせ何かあるとすぐに怒った。帰りが遅いだの、変なところに遊びに行ってないかだ

■■県■■市■■ ■－■－■ △△△教 本部

の、あの子と付き合うのはやめなさいだの。

私はちゃんと良い子でやってるのに。お姉ちゃんと違って、学校でも人気者なのに。

みんな私と仲良くなりたがって、何もかも許してくれて、その上、ようやく私の才能を見出してくれる人が現れたのに。

それでもまだ、勉強くらいしか取り柄のないお姉ちゃんの方が大事なんだ。

私が、お母さんの嫌いな伯母さんに似てるから。

全部が全部くだらなく思えて、私は写真を撮っておいた名刺の連絡先に電話して、すぐに東京に向かった。

事務所の人は私にすごく期待してるから、交通費も何も全部出すって言ってくれた。

レッスン代だとか研修費だとか、そういうものも特別に半額にしてくれるって。

デビューして人の目に留まれば絶対に売れる、と断言してくれた。お母さんに聞かせてやりたかったくらいだ。

でも、たった一人の褒め言葉を自慢するより、テレビで活躍する私を見た時に後悔してほしかったから、結局連絡は全部断つことにした。

お姉ちゃんよりも私の方が優れてるに決まっている。

お姉ちゃんは陰気で何考えてるか分からなくて、お世辞にも可愛いなんて言えない。顔はニキビだらけだし、太ってて姿勢だって悪い。

私の方がお母さんにとって余程自慢になる娘なのに。

お姉ちゃんの方が劣っていて可哀想だから優しくしてあげるのは分かるけど、私を蔑ろにするのは間違ってる。

なんでお姉ちゃんのことなんか見習わなきゃならないんだろう。

私にはこんなにも素晴らしい才能があるのに。

辛いこともあったけれど、夢のためだと思うと頑張れた。

デビューさえすれば、みんなすぐに私の価値に気づいて、あっという間に人気者になれる。

私の成功は約束されている。その筈だった。

おかしくなり始めたのは、所属していた会社が倒産してからだった。

潰れた後の行き先も面倒見てくれるって言ってたのに、気づいた時には連絡も取れなくなっていた。

困っていたら、当時仲良くしてくれていた業界の人が助けてくれた。私が特別だから、特別に仕事を紹介してくれたのだ。

ちょっとお話しするだけでお金が貰えた。みんな私のことを可愛いって言ってくれて、夢の応援もしてくれて。良い人ばっかりだった。

その中の社長さんが、私と結婚したいって言ってくれた。

結婚を前提にお付き合いして、でも私には立派な夢があるからそれを叶えるまでは陰ながらサポートするって言ってくれて。

やっぱり私が可愛くて特別だから、困った時には必ず助けてもらえるんだと思った。

いつまで経ってても女優にもアイドルにもモデルにもなれなかったけど、それでも一番可愛いのは私だった。

だってみんながそう言ってる。テレビで見る女優なんかより私の方がよっぽど可愛いって。

お金を払ってまで言ってるんだから、それって本当のことでしょう？

夢のことはもう良いかな、って気分になったから、結婚することにした。

なんか周りのみんなも結婚がどうとか言い出して、ＳＮＳに写真とか上げてたし。私だけしてないのも負けてるみたいで嫌だったし。

社長夫人になるんだから、とびきり豪華な式にしてもらおう。私は海外がいいけど、友達が来やすいように国内にしてあげないといけないよね。

そう思って話をしたのに、彼はなんだか変なことを言い出した。

遊び相手がいるのなんて知ってたし、その子たちは私より可愛くないんだから、そのくらい許してあげるって言ったのに。

君だって分かってた筈だよね？と言われて、ちょっと考えることにした。どうやら、結婚するには何かもう一押しが足りないんだ、と思って。

何が足りないのか考えたら、すぐに分かった。子供が居ればいいのだ。

子供が出来たら、産まれた子を見て愛情を確認出来たら、流石（さすが）に真剣に考えてくれるだろう。

私が産む子なんだから、きっと世界で二番目に可愛いに決まっている。

間違いなく、全てが夢みたいに上手（うま）くいくと思った。

私は可愛い子供と素敵な旦那さんと一緒に、華やかで幸せな暮らしをするのだ。

お洒落（しゃれ）で美人な奥さんとして噂（うわさ）になったりなんかして、きっと子供にとっても自慢のお母さんになる。

でも駄目だった。

全部が駄目になった。

生まれた子供が可愛くなかったからだ。

面倒臭いし、うるさいし。汚いし。

そもそも女の子じゃないし。

なんでこんなの可愛がれるんだろう。心底不思議だった。

だってもっと、天使みたいだとかなんだとか、言ってるじゃない。

この子、もしかして他の赤ちゃんに比べて出来が悪いのかな？

やだなあ、あんなに辛い思いして産んだのに。

面倒臭いからお姉ちゃんにでも世話させようと思って、仕方なく実家に帰ることにした。

お姉ちゃんは結婚なんて一生出来ないだろうし、子供を産むこともないだろう。子育て出来ないなんて可哀想だし。

そう思って戻ってあげたのに、お母さんはやっぱりお姉ちゃんばっかり庇っていた。

何年も苦労してきた私のことなんて丸っきり考えてくれなくて、お姉ちゃんは資格も取って立派な職に就いてるのに、だとか、ちゃんとした人と結婚してるのに、だとか、お姉ちゃんを見習いなさい、だとか。

お姉ちゃんに見習うべきところなんてない。体型だって酷いし、顔面にはニキビの痕が残ってるし、マシになったのは喋り方くらいだった。

たまたま、お母さんが昔目指してた資格を取れた、ってだけで馬鹿みたいに褒めて。私は興味がないからそんなの取らなかっただけなのに。

私が離れている間に、お姉ちゃんはすっかりお母さんの洗脳に成功したみたいだった。

やっぱり、家を出るべきじゃなかったのだ。

お父さんは空気だし、お姉ちゃんが変に言いくるめて私の悪口とか吹き込んでいたに違いない。

お姉ちゃんみたいな人は、他人の悪口くらいしか話すことないもんね。

だったらもう、話しても無駄だな、と思った。

その時に、邪魔な子供も置いていけばよかったのかもしれない。

そしたら少なくともこんな面倒なことにはならなくて、もっと自由に生きられて、今度こそ本気を出して夢を叶えることも出来ていたかもしれない。

でも、お姉ちゃんの言葉を聞いたらそんなこと出来なかった。

あの女、私には赤ん坊の面倒なんて見れないなんて言いやがって。

お前なんかまだ産んだこともないくせに。

私みたいに大変な思いもしたことがないくせに。

どうせお前と旦那の間に生まれる子供なんて不細工に決まってるでしょ。可哀想に。

母子家庭なんて苦労するに決まっていたけど、不名誉なニュースで私の名前が載るなんて絶対に嫌だったから、きちんと育てた。

私はいい子だからちゃんとお母さんをやったし、間違ったことなんて一つもしなかった。

やっぱり他の子に比べて出来が悪いみたいで、最初は躾けても碌に言うことが聞けなかったけど、いつからか大分大人しくなった。

高校生の時だったかな。

将来はちゃんとお母さんの役に立つような人間になりたい、って言ってくれたの。

それを聞いた時、私はようやく何のために××××を産んだのか理解出来た。

私が子供のために苦労した分、これからは子供が私を助けてくれるのだ。

嫌なことは全部子供がやってくれて、私はこれからようやく報われるのだ。

そう思っていたのに、あの親不孝者は逃げ出した。

私がどれだけ大変な思いをして、辛(つら)い目に遭ってきたのか、あの子なら理解していると思ったのに。

私が望んだ時には必ず助けてくれなきゃならないのに、必要な時に必要なお金すら用意出来なかった。

私はちゃんとお母さんをやっていたのに、あの子はちゃんと私の子供をしていない。

酷い裏切りにショックで何も考えられなくなっていた時、私は△△△教と出会った。
■■様には苦しんでいる人を察知する能力があって、救いの手を差し伸べてくれるそうだ。
実際、■■様は裏切り者のあの子を見つけ出してくれた。

あの子もちゃんと話し合ったらようやく分かってくれたようだったし、私のために貯(た)めていたお金も渡してくれた。

この先も■様を信じていれば、私は必ず幸せになれるのだそうだ。

例えば、私の子供にはもっといい使い道があって、その方法を実行すれば、今からだって夢を叶えることが出来るらしい。

別にもう、女優やモデルやアイドルじゃなくたっていい。とにかく有名になりたかった。

それで、成功した私をお姉ちゃん(あの女)に見せつけたかった。

だから、そのためにも××××が必要なのに。

どういう訳か、今度は■様の力をもってしても、あの子を見つけ出すことは出来なかった。

早く幸せにならないといけないのに。私があの女よりもずっとずっと幸せで、満ち足りてるんだって見せつけてやらないといけないのに。

お母さんの洗脳も解いてあげないといけないのに。本当に価値のある娘なのは私なんだって、分からせてあげないといけないのに。

あの子は私を幸せにするために生まれてきた筈(はず)なのに。

悩んでいる私のために、■様は、別の方法を提案してくれた。ちょっと大変な方法だけれど、と言われたけど、構わなかった。

夢のためなんだから、苦労なんてどうとも思わなかった。

「――あ。いけません、手を引きましょう」

真っ暗な室内で、聞き覚えのある声が響いた。

■■様の声だ。

あとは、なんだか喧しい。

バタバタと、使いの方々が走り回る音がしている。

「他の方はまだ待合室に残っていますか？」

「いえ」

「それはよかった」

何がよかったのかも分からない。

夢の中にいるみたいに、何もかもがぼんやりとしていた。

そういえば、さっきまで夢を見ていたんだっけ。

どうだったんだっけ。

何をしてたんだっけ。

「今日はもう誰も入れないでください」

「承知致しました」

なんだかとても眠くて微睡んでいる内に、また幾人かの足音がする。

扉を閉めるような音が遠くで聞こえた。

「先生。その……片付けはどのように？」

「ああ、もうこれは駄目なんですよ。ちょうどいいので、向こうに任せてしまいましょう」

真っ暗で何も見えない中に、声だけが響いている。

眠くて、重くて、手足が上手く動かせない。

「なにがだめなんですか……？」

状況が分からなくて問いかけると、室内の物音がぴたりと止んだ。

しん、と静まり返った室内で、誰かが呟く。

「まだ生きてるんだ」

まだ？　誰が？　何が？

衣擦れの音だけが短く響いて、それから■様の声がした。

「大丈夫、大丈夫です。落ち着いてください。もうね、ここまでだとね、任せちゃった方が楽ですからね。此方には来ませんから、安心してくださいね。ああもう、いけませんね、どうも年々欲が張ってしまって……」

ははは、と穏やかな笑い声が響いて、付き合うように何人かの笑い声が聞こえる。

よく分からなかったけれど、何か困ったことが起きたのだろう。

でも別に、心配することはない。

私には■■様がついているから、これから間違いなく幸福になれることは決まりきっているのだ。

私はこれから夢を叶(かな)えて、
有名になって、
お母さんにも褒めてもらって、
あんな女は家から追い出して、
それで、
いつまでも幸

『芋虫』

「友達から聞いた話なんだけどね」

中学生の頃の話だ。

普段通る道に、いつからか、よく芋虫が落ちているようになったのだという。

別にそれだけだったら不思議な話でもない。その通りには庭木の立派な家が何軒もあって、春になると蝶（ちょう）が舞うのも珍しくなかった。

蝶がいるのなら、当然芋虫だっているだろう。友達も、毛虫じゃないだけマシだと思ったくらいで、特に気にすることもなかった。

少し変だな、と思い始めたのは、落ちている芋虫の数が増えてきたあたりだった。

一匹二匹だったら、木から落ちたと言われても納得出来る。

でも、それらは十四近く、それも等間隔に並んでいて、脇の小道に続いていたそうだ。

生きてはいるようだが、弱っていてあまり動く気配はない。

子供の悪戯だろうか。小さい子というのは、結構生き物で遊びがちである。

別に害のある虫でもないし、飛びかかってくる訳でもない。邪魔だと思ったら避けて歩けばいいだけだ。

わざわざ片付けなくとも、鳥だのなんだのが来てすぐに食べてしまうだろう。

その道を通らないと家まで変に遠回りになってしまうので、友達は変わらず同じ道を使い続けたそうだ。

そうしている内に、なんとなく芋虫の先が気になってきたのだという。

芋虫たちは、友達が使っている比較的広い道から、細い路地に向かうように並んでいる。

友達は真っ直ぐ進んで別の通りに出てしまうし、先もまだまだ長そうで、覗いただけで終わりを確かめるのは難しそうだった。

初めて見た時からひと月ほどが経っていたが、芋虫はまだ置かれている。

ここら一帯にいる虫なんてそう多くはないから、此処で捕まえたものではないだろう。

飼育して増やしでもしているのか、はたまた別の場所から連れてきたのか。

分からないが、誰かが一定の執念を持って芋虫を配置していることは確かだった。

ある時。

学校が半日で終わった日に、友達はその芋虫を追ってみることにしたそうだ。

単なる興味本位だったという。

こんな変なことを趣味にしている人間がいると思うと不思議な気分だったし、何より、もしかしたら本当は何か意味のあることかもしれないと思うと好奇心を刺激された。

芋虫たちは、道に等間隔に並んでいた。大人の大股で二、三歩ごと、といった調子だ。

友達が普段使っている道には八匹並んでいて、そこから右に曲がって更に続いている。

周囲の住宅が高いせいか、若干影の濃い道だった。

よくよく見ていないと、芋虫が落ちていること自体に気づかないかもしれない。

うにうにと体をくねらせている個体が何匹かと、完全に死んでいるものが何匹か。

進んでいく内に、友達はちょっと変だな、と思ったそうだ。

芋虫の様子が、段々普通ではなくなっているのだ。

頭が潰されているものや、串や針が刺さったものが増えている。

明らかに害意を持った扱いをされた芋虫たちの列が、道の奥まで続いている訳だ。

小道の奥には何処(どこ)かの民家の塀があって、丁字になっている。

恐らくは分かれた道のその先にも、芋虫たちは右か左に続いているのだろう。

友達はそこで、なんだか妙に気分が悪くなって、引き返すことにしたそうだ。

多分、誰か一人でもいつもの仲間がいたなら、無理して進んでいただろう。

けれどもその時は自分しかいなかったし、帰ったところで何一つ問題はなかった。

そう思って踵を返した友達が、元の普段使っている通りに出ようとした瞬間。

男の声で、

「あー、惜しい」

と聞こえたそうだ。

それは例えば、せっかく決まるはずだったシュートを外したような、クレーンゲームで景品がギリギリ取れなかったような、そういう軽い響きの声だった。

別に何か、強い感情のある言い方ではなくて、だからこそ不気味だった。

友達は振り返ることもなく道を抜けて、それからは違う道を通るようにしたそうだ。

「────怖かった?」

「おう、怖かったよ」

引き返していなかったらどうなっていたのだろう。知りたいような、知りたくないような。

好奇心は猫をも殺すと言うから、やっぱり興味を持たないのが一番なんだろう。

加えて言うと、一応は都会っ子だからか、虫は苦手だ。

芋虫毛虫もそうだし、特に部屋に出てくるアレとか。アレとか。それとか。

そういえば、このマンションではあの類いの害虫は見ない気がする。少なくとも、通常の形では。

もしかしたら、何かしらの存在が魔除けまよ的に虫を払っていたりするんだろうか。

それとも単に立地か。

一番有力なのは、そもそも入居者が少ないから、かもしれない。

「タカヒロも変なのについていてっちゃ駄目だよ」

「いや、行かねえよ。何歳だと……ああ……」

何歳だと思ってんだ、と言おうとしてやめておいた。

二十歳はたちだと分かった上で、六歳くらいに思われている。先日鏡開きをしたから、もしかしたらもうちょっと上かもしれないが。

餅は結局、食べられるだけは食べた。せっかく木槌きづちも買ったしな、というノリで。

食べ物として何かおかしい訳ではないようだし、腹も壊さずに済んだのでよしとしよう。

なんだったら、結構美味しかった。

正月に限らず、わざわざ餅を食う意味があんまり分かっていなかったのだが、これからは食べる機会を増やしてもいいかもしれない。

もちろん、既製品を買う、という話だが。

「まあ、気をつけるよ。行ってきます」

「いってらっしゃい」

出勤前だったので、俺は挨拶と共に部屋に引っ込んだ。

もう身支度は整えてあるので、あとは鞄を持って部屋を出るだけである。

横目に見る限り、今日は布団は静かだった。

一応、部屋を出る時に郵便受けを確かめる。

最近は澄江由奈からの手紙が、ちょこちょこ入っていたりするのだ。

別に内容は大したことではない。『おかあさんをください』と、あとはその日の気分で内容が変わる。

『わたしはちろろちょこがすきです　おにいさんはなにがすきですか』だとか。

『いもうとがほしいです』だとか。

『もっとうさぎのしゃしんがほしいです』だとか。

最後のは、この間動物園に行った時の写真をあげた後に入っていた。

相手がなんだろうと、ご近所付き合いは上手くやった方がいいかな、と思って、一枚入れてみたやつだ。

澄江由奈自身、隣のあいつにはなにかしらの筋を通した様子だったしな。

一体いつ話したのだろう。

まあ、仮に、近所付き合いの会があるよ、と言われても別に行きたくはない訳で。

気にはなったが、わざわざ尋ねたりはしなかった。

＊＊＊

今日のシフトはニラジさんと一緒だった。別に何が起こるでもなく、普段通りに仕事を終える。

帰り道では毎回、高架下を通る時に若干の警戒心が湧く。気づいたら白いワンピースの女が現れたりしないだろうか、と不安になるのだ。

全く、とんでもないことをしてくれたものである。ちょっとしたトラウマだ。

俺に許容出来るのは精々が話を聞くくらいのもので、生身で怪奇現象と遭遇するのは勘弁願いたい。

隣に暮らしてんだろ、という話は置いておいて。

だって、顔馴染(かおなじ)みがヤバい怪異であることと、見も知らぬ謎の怪異が襲ってくるのは別問題だろう。

そう考えると、あいつはそれなりに俺の中でも友人ということになっている、のかもしれない。

グミだって買っていってやってるし。動物園の写真もあげたし。生姜(しょうが)焼き弁当だって奢(おご)ったし。あとは最近、ジェンガもしたし。

それからリバーシもした。あいつ、怪異のくせにリバーシ結構強いんだよな。……俺が弱いだけか？

頭使うゲームなんてほとんどやってこなかったしな。ハヤトは結構詳しいらしいが。

などと思いながら角を曲がって。

俺は前方に立つ人影を見て、足を止めた。

女が立っていた。

多分、あの人である。

確信が持てなかったのは、少なくとも俺の記憶の中では、あの人は間違いなく人間だったからだ。

顔が真ん中から縦に割れていたりもしないし、両腕もあんなに長くはなかったし、舌もあんなに長くなかった。

ああ、いや。

人間の舌は結構長いらしいから、もしかしたら、あれが本当の長さなのかもしれないが。

俺はぼんやりと突っ立ったまま、ふらつきながら近づいてくるあの人を眺めていた。

人間というのは、ここまでになっても案外区別がつくもんなんだなあ、と思った。

どうでもいいことを考えているのは、ただの現実逃避だ。

夢で顔を合わせて以来、俺はあの人についてはあまり考えないようにしていた。

多分生きているんだろうな、と思っていたし、半分くらいは、もう生きてないのかもな、と思っていた。

どちらだろうと、どちらにせよ嫌に決まっているから、考えない方がマシだと思ったのだ。

だが、まさか、どっちつかずの状態で現れるとは思っていなかった。

マンションにいれば安心なんじゃなかったっけ。それとも、あいつが呼んだのだろうか。

違うだろうな。呼んだら友達辞めるって言ったし。俺はそう断言したし、実際に覚悟を持ってそうする。

絶対に譲らないつもりでいることなんて、あいつには分かっている。

だからきっと、いろいろな要因が重なった結果、ここにいるだけなんだろう。

死に損ないのあの人は、いつものように泣いていた。

痛い痛いと繰り返して、上手く使えない手足で俺に縋り付いていた。なんで抱き留めているのか、俺にはちょっと分からなかった。単に、理解が追いついていないか、あるいは、理解したくないのかもしれない。

日が出始めているのに、誰も通らなかった。

普段は朝早くに通勤する人が、結構通る筈なのだけれど。

もしも誰か一人でも通りかかったら突き飛ばせたかもしれないのに、誰もいないから俺はずっとあの人の声を聞いていた。

夢の中で聞いたのと、さほど変わらないことを言っている。気がする。言葉らしい言葉になっていないし、何より上手く頭に入らないので、やっぱり勝手に俺の脳味噌が補完しているだけだった。

痛い痛い、と耳元で泣き声がする。

その切羽詰まった泣き声を聞きながら、ふと、いつものは嘘泣きだったんだなあ、と察した。なんと言えばいいのか、響きが全く違った。俺は多分、生まれた時から嘘泣きしか聞いてこなかったから、この人はこういう泣き方をするんだ、と思っていたのだが。

多分、今のこれが本当の声なのだろう。心の底から苦しんで、自分を上手く取り繕う余裕もなくて、ただ絞り出すように呻いている、動物みたいなこれが。

本当は違うのかもしれない。俺がそう思いたいだけかもしれない。でもまあ、そんなのはどうでもいい、些細なことだった。

助けて、と、痛い、が半々くらいに混ざって響いている。そのくらいしか言えるリソースがないのだと思う。

だって、頭は半分に割れてるし。よく分からない肉がどんどん溢れて、落っこちているし。

もしかして、俺が何もせず放っておいたら、この人は一生このままなんだろうか。

死んでいるのか生きているのかは知らないが、とにかく、このまま一生、痛みに呻きながら動いているしかないんだろうか。

可哀想だな、と思った。素直に思った。それは別に同情だとかではなくて、許してやりたいと思った訳でもなくて。

そこまでされるほどのことをしただろうか？という純粋な疑問だ。

でもきっと、人生というのは見合った応報があるなんてことはなくて、単に上手く世界を泳げなかったら、いつだってこうなるというだけなのかもしれない。

悪いことをした分だけの罰をちょうど受けられるなんて、そんな都合のいい話はないのだろう。

あの人は俺に抱きついたまま、ずるずると何処かへ歩き始めた。

ついていったらヤバいんだろうな、とすぐに察する。そんなんは馬鹿でも分かる。つまり俺でも分かった。

でもなあ、と頭の片隅が勝手に呟く。

そもそも俺があのマンションに行かなかったら、流石にこの人だってこんなことにはならなかったかもしれないし。

そうなったらやっぱり、俺にも責任の一端はあるような気がするし。

というより、もしかしたら、俺は責任を取る、という形で何かを終わらせたいのかもしれない。

なんて思いながら引きずられている内に、ふと意識の端に何かが引っかかって、前方を見上げた。

この道路からは、例のマンションのベランダ側が見える。

七階の角で、なんだかソワソワした調子の影が、ベランダを彷徨いているのが見えた。

遠すぎて、形はよく見えない。そもそも、角度的にもちょっぴり覗いているだけだ。

見慣れた形の手が、ゆるく空に振られている。

変なのについていっちゃだめだよ、という声がなんとなく脳裏に浮かんで、俺はポツリと呟いていた。

「あー……、……いいよ、お母さんあげても」

こんなんで聞こえるもんかなあ、と思ったけれど、俺を引きずっていたあの人の足が止まった。

それからなんだか、ものすごい悲鳴が上がった。

俺はあんまり見ないようにしていた。だって見たくなかったし。それだけだ。

劈くような叫び声だったのに、近所の人間が反応するような素振りはなかった。

実際には聞こえていない声なのかもしれない。あるいは聞こえていて、知らないふりをしているのかもしれない。

俺も深夜に怒鳴り声だの悲鳴だの聞こえてもわざわざ出ていかないから、そんなもんなんだろう。

絡みついていた腕はいつの間にか離れていた。姿が消えているかどうかは、特に確かめなそうして、なんだか妙に重い身体でマンションまで戻って、なんだか死ぬほど疲れたからかった。

そのまま寝た。

翌朝。

郵便受けには見慣れたノートの切れ端が入っていた。

『ありがとうございます　だいじにします』

ちょっと曲がった字で、それでも精一杯丁寧に書かれている。

どうやら大事にしてくれるらしい。

何よりである。

「よかったなあ」

全然、全く良くはなかったが、そう呟いておいた。

言っておけば、そうなるような気がしたからだ。

飲み会

一月下旬。

俺は新宿の居酒屋で、ハヤトと二人で飲んでいた。

酒にはあんまり良い思い出がない。前職の上司が酒好きのアルハラ人間で、未成年だろうがなんだろうがお構いなしに飲まされていたせいだ。

どうせなら、今日で嫌な記憶を払拭出来たら良いのだが。

「それで？　タカヒロは今何やってんの」

「何って言っても、まあ、マンションの……なんだろ、警備？」

「管理人的な？　なるほどそっちの資格取ってたんかー」

「いや、資格とかはまだなんだけど……」

というか管理人さんは別にいるから、取る予定とかもないんだけど。

言葉を濁していると、ハヤトは何やら納得したらしい様子で（資格なくてもなれるらしいからな、とか）頷いていた。

今は生活も落ち着いていて、食うにも困ってない、という話をすると、ハヤトは軽い調子で聞きながらも、割とホッとした様子だった。

俺が思っているよりも余程、心配をかけていたのかもしれない。

そのあとは大学生活がどうだのなんだのと、電話では話し切れなかった辺りに触れる。

久々に同年代の人間と話すのは、素直に楽しかった。此処まで楽しいのは、心配事が一つ片付いたから、というのもあるのかもしれないけれど。

あるいは、わざと気楽に思うことで、考えないようにしているだけかもしれないけれど。

「あ。うち、少し前に祖母ちゃん死んだんだ」

そんなことを思いながら交わしていた会話の中に、ふと乾いた呟きが混じった。

いつだったかと同じ、出来る限り平然と言おうとしているのが分かる響きだった。

ご愁傷様です、なんて言うのも変な気がして、そうなんだ、とただ相槌を打つ。

「歳も歳だったしさ。全然、最後苦しんでとかもなかったし。こう、平和に済んだよ」

「そっか。まあ……良かったな？」

「おー、良かった良かった。祖母ちゃん死んでからみんな明るいし。多分さあ、父さんも昔っからの思い出とかあって言えなかったんだろうけど……あんな風になっちまって、本当は誰より悲しんでて、辛かったんじゃねえかなあ。普通だって思い込もうとしすぎて擁護してたっていうか。

とにかく、最近は前より関係も良好になってさ、まあ今更かよって感じなんだけど」

呆れたように笑いつつも、ハヤトは随分と肩の荷が下りたような顔をしていた。

そりゃそうだろう。ハヤトの家がおかしくなってしまったのは祖母ちゃんのせいだったのだから。

いなくなったなら、あとはもう良くなるだけだ。

そうか。

そういうものかもしれないな。

「うちもさ、いなくなったんだ」

「ん？」

「あの人」

別に、わざわざ話すつもりはなかった。

ハヤトのことだからきっと、話したくもないことを聞き出す気なんて微塵もなかっただろう。察してはいたかもしれないが。

だから俺の方も、どうせだし言っておくか、みたいな気軽な一言だった。

無理して軽く話した訳でも、何か気負った訳でもない。

単なる事実だ。

純粋に、『いなくなった』のである。あの人は。

社会的には失踪という扱いになるのだろうか。いなくなったところでわざわざ探そうとするのは、あの人が借金をしていた相手くらいだと思う。

今のところは、俺の方には警察を含めて誰も来る気配はない。来た時のことは、来た時に考えれば良いのだ。

ハヤトは一瞬、持ち上げかけた唐揚げを置こうとしたが、やっぱり食べたかったようでむしゃりと口に含んだ。

あるいは、何か物理的な間が欲しかったのかもしれない。

きっちり味わって飲み込んでから、ハヤトは気を取り直した口調で言った。

「じゃあ、もっかい大学行こうぜ」

「は？」

「だってもったいねえし。もう邪魔される心配ないんだろ？」

目を瞬かせる俺に、ハヤトはグラスを傾けて続ける。

「タカヒロさあ、先生になりたかったんだろ。いやまあ、資格試験受けてって手も、なかないけど、大学行くのが一番じゃん」

「まあ、それはそうだが」

教師になれたら良いな、とは思っていたことはある。奨学金使い込みの時点で、なかったことにした夢だ。

夢を叶（かな）えることが全てではないが、叶わなかった夢は引きずるものだとも思う。やれるだけやってみたけど駄目でした、と、そもそも挑戦することすら出来ませんでした、も違うだろうし。

後悔していないかと聞かれれば、そんなこと考える暇もなかったな、というのが正直なところだ。

生きてて良かったなあ、とか、飯が美味（うま）いなあ、くらいしか考えていない。そもそも本当に良かったのかも、あんまり分かっていない。

生きている限り、どっかで苦しい目には遭うのだ。俺はまあ、そこそこ耐性のある方だとは思うのだが、それでもわざわざ苦痛を味わいたい訳でもない。

このまま彼処（あそこ）で植物みたいに生きてくんじゃ駄目なんだろうか。

駄目なんだろうな。きっと。

「でも別に、なれたらいいなくらいで、何がなんでもって訳でもなかったんだよな」

半分くらいは、なれないんだろうな、とも思っていた。俺みたいなのがそんな上手(うま)くいくはずないだろうな、と。

先生になって、俺と同じように困っているような子供を助けられたら、少しは昔の自分が報われるかもしれない。そんな遠回しの自己救済のために、それらしく掲げていたような夢だ。

だって、もし本当に心からそうなりたいなら、今の時点でもっと動いているだろう。だからきっと、俺にとってはその程度の目標だったということだ。

そんな不誠実さで目指しても、結局のところ上手くはいかないだろう。

そんなようなことを語ると、ハヤトは「お前がいいならいーけどさ」と頷いた。

結局のところ、自分の人生なのだから、自分で選択するものである。選べる道が多いか少ないかは、また別の要因があるが。少なくとも、障害の一つは減ったのだし。

「あと、一応住み込みが条件で働いてるからなー。あんま部屋を離れるようなのは駄目なんだよ」

「へー。なんか色々、難しいんだな」

でもまあ、資格を取ってみるのはいいかもしれない。なんだったら、本当にマンション管理士の資格を取ったっていい。頭を動かすためにも、何かに挑戦すること自体は良いことだと思う。

もしも真剣に職を考えるとしたら、在宅で出来る仕事を探していった方がいいんだろうな。

今の仕事だって、終身雇用という訳ではない。

恐らく辞める時が死ぬ時であるからして、ある意味終身雇用と言えなくもないが。言いたくはない。

「まあ、タカヒロなら大丈夫だろ。とりあえずさ、好きなことやれよ」

酒が入って気が緩んでるのか、ハヤトは心底安心した様子でグラスを傾けている。

そんな友人を前にして、とてもじゃないがこんな説明をする気にはなれなかったので、俺は曖昧に笑っておいた。

＊＊＊

さて。

めでたく嫌な印象を払拭出来る程度には楽しんで、結局、終電で帰った。

ハヤトからは、何かあったら連絡しろよ、とあくまでも軽い調子で、でも割と真剣に言われた。

それと、「この間の声何？」とも聞かれた。残念ながら、そっちに関しては答えようがない。とりあえず、もう大丈夫だから、とだけ言っておいた。伊乃平さんに任せたので、まあ、間違いはないだろう。きっと。

「…………ん？」


最寄駅から、酔いで浮つく足取りで進むことしばらく。

マンションの前に、何か変なのが立っていた。

変なの、と言っても、この間のあの人のような存在ではない。

至って普通の人間だ。

ただし自撮り棒を掲げていて、変なお面みたいなものをつけている。察するに、なんらかの動画配信者のようだった。

中途半端な位置で立ち止まり、酔いの回った頭でしばらく考える。

マンションの前で撮影しているのだから、当然、目的は彼処だろう。

あの通り、怪しさも満点な上に本当に実害があるタイプのマンションなので、その類いの配信者に目をつけられるのは分からなくもない。

一時期、レビューサイトがちょっと変だとかでネットで話題になったこともあるようだし。

ただ、派手な事件があった訳ではないし、詳細が分かる訳でもないので、本当にちょっとした噂程度でしかない。

大方、ネタに困った配信者がわざわざやってきたのだろう。

彼処を選んで撮影しないとネタがないあたり、たぶん、あんまりセンスがいいタイプの配信者ではない気がする。

ある意味では良い、とも言えるかもしれないが。この場合は結局、結果として悪いことになるに違いない。

様子を窺うに、許可を取ったようには見えなかった。

どうせ、入れないからそのまま戻るだろう。そう思っていたのだが、その配信者くんは、動画を回したまま——と思しき仕草で——マンション内に入っていった。

少し考えてから、気づく。

ああ、そうか。短期入居者にも部屋を貸してるから、住む手続きさえしてしまえば入れるのか。

あるいは、借りた後に怪奇現象が起きると知って、動画のネタにすることにしたのかもしれない。

「うーん……まあ、いいか」

俺としては、鉢合わせずに部屋に帰れればそれでいい。

面倒ごとに巻き込まれるのは御免だ。怪異が相手でも、人間が相手でも。

エントランスを軽く覗いて、誰もいないことを確かめてから、エレベーターを静かに待った。

多分、いつもだったら一旦コンビニに寄るなりなんなりして、もっと時間を空けて帰った。

酔っていたし、何より寒かったので早く帰りたかったのだ。寒さと酔いで、危機管理能力が鈍ってたんだろう。

階数表示を眺めながら待って、エレベーターが下りてきて、乗り込んで扉が閉まった辺りで、ようやく気づいた。

これ五階に行ってたな、と。
2、3、4、と上がっていく表示を見ながら、ちょっとばかし不味ったかもしれない、と思った。
思ったけれども、もう遅かった。

「あー…………」

押した覚えもないのに、エレベーターは五階で止まった。

『閉』のボタンを押したけれども、一向に反応する気配はない。扉はずっと、開きっぱなしである。

ブザーが鳴っている訳ではないので、少なくともこの中には誰もいない。

しかして閉まる気配が微塵もないので、なんにせよ、降りなくてはならない。

少し——いや大分迷って、なんだったら非常ボタンを押すことも若干検討してから、渋々、真っ暗な廊下へと降りた。
二、三歩進んで、振り返る。
「…………」

扉は開いたままだった。

明かりがつかないだけで、作り自体は俺の住んでいる七階とさして変わりない筈だ。

いかんせん、暗くてさっぱり見えないのだが。

気味が悪いのは、先にこの階に着いているであろう、配信者くんの気配が少しもないことだった。

ここで俺が取るべき方法は二つある。

一つは階段を上がって七階に向かうこと。もう一つは、何やらご機嫌を損ねているらしい五階の住人のために、さっきの配信者くんを連れて帰ることである。たぶん。

前者の方が圧倒的に簡単だろう。

エレベーターの脇にある扉を開けて、コンクリートの階段を上がって七階に行くだけである。

とてもシンプルだ。

簡単すぎて欠伸が出るが、とにかく絶対に嫌だったので、俺はスマホのライトを頼りに廊下を進むことにした。

大した距離ではない。

七階と比べるとやや並びが違うくらいで、部屋数も変わらない。

こんな距離で迷子になる筈がないので、恐らく配信者くんは、何処かの部屋に入っている。

連れ込まれたのか、自分で入ったのかは知らないが。

とりあえず、五〇一号室の前に立った。

軽く照らしてみるが、やはり他の階と作り自体は変わらないようだ。

インターフォンもちゃんとある。コミュニケーションを取りたいなら、これのボタンを押せばいいだけである。

「押したくねえ～……」

極めて素直な気持ちを抱きつつ、仕方がないので、端の欠けたインターフォンに指を伸ばした。

機械的に間延びした音が、ゆっくりと響く。

返事はすぐにあった。

『はーい！』

やたらと明るい声だった。

夜中に聞くと、少しぎょっとしてしまうくらいには。

「……あのー、七階のものなんですが、そちらに誰か来てません？」

『あらー！　残念ですけど、うちには来てませんねえ』

「ああー、そうですか。ええと、お邪魔しました」

『いいえぇ、なんでも聞いてくださいねー』

それだけ言って、ぷつん、と会話は途切れた。

真っ暗な廊下が、再び静まり返る。

一息置いて、なんとか五〇二号室に向かった。

インターフォンを押す。

『はーい！』

さっきと同じ声だった。

「…………」

一応、プレートを確かめてみる。間違いなく五〇二号室だった。

もしかしたら、機械を通して聞いたからそう思っただけかもしれない。

「ええと……七階のものなんですが、誰かこちらに来ませんでした？」

『来てないですねえ～』

「そうですか」

『もう下りちゃったんじゃないですか？　階段、下には使えるでしょ』

「あー、それもそうですね」

『よかったですねー、ちゃんとわかって』

そこで会話は終わった。

なんとも朗らかで、にこやかな声だった。

確かに、六階さえ通らなければ普通なのだから、階段で下りる分には何も問題はない。

全くもって合理的な話で、信ずるに値する理由づけだった。

エレベーターが五階で止まってさえいなければ、すぐに信じたかもしれない。

まあ、止まっていなければそもそも降りていないので、この人……人?と会話することもない訳だが。

俺の方こそ階段で下りちまおうかな、と思いつつ視線を落としたその時。

「うわー……自撮り棒……」

五〇三号室の扉の前に、自撮り棒が落ちているのが見えた。

間違いなく自撮り棒である。なんならスマホも一緒についていた。

全部投げ捨てて下りていった、という可能性も捨てきれないし、そもそも俺がこんなことをしてやる義理は少しもないのだが。

どうにも据わりが悪いので、一先ずインターフォンを鳴らした。

『はーい！』

やっぱり同じ声だった。

「七階のものなんですが、えーと……そちらに来ている彼、引き取ろうと思っていて」

『あら！　優しいんですねえ、でも大丈夫なんですよー』

絶対大丈夫じゃないんだろうな、という確信があったが、別にわざわざ口にはしなかった。

黙ったままの俺に、五〇三号室の人はのんびりした口調で続ける。

『どうしてもっていうなら、鍵は開いてるんですけどねえ』

「あ。いえ、結構です」

流石に、その勇気はなかった。

そもそもの話、『入らせよう』としてくる奴はかなり不味い気がする。

慌てて、間を繋ぐように言葉を重ねる。

「すみません、なんだか余計なことを」

『いいえぇー、お気遣いいただいて、ありがとうございます』

「あの」

『はい』

「帰せたりとか、できます？」

『入らなかったらよかったんですけどねー』

まあ、確かに。

その通りである。

会話はそこで終わった。

真っ暗な廊下で、俺のスマホのライトだけがぼんやりと手元から下を照らしている。

落ちたままの自撮り棒とスマホをどうするか。

しばらく悩んで、とりあえず管理人室に置いてこよう、と思った。

拾ったそれを手に、階段を下りる。夜間は誰もいないのだが、拾得物ボックスというのが設置されていて、扱いに困ったものは此処に置いておけばいいことになっている。

スマホと自撮り棒を置いてから、俺は試しにエレベーターのボタンを押してみた。

拍子抜けするほどすんなりと降りてきて、扉が開く。

乗ってもブザーが鳴ることもなく。俺は予定通りに七階へと着いた。

要するに、落とし物を拾って帰ってほしかったのだろう。最初からそう言ってくれればばいいのに、と思ったが、すぐに考え直した。

通じているように見えるだけで、別に会話が出来ている訳ではないのかもしれない。

やっぱり、触れないのが正解なんだろうな。


幸いなことに、七階には特に異常はなかった。

七〇五号室も、あれから静かなものである。たまに郵便受けにニコニコで並んだ様子の絵が入っているので、まあ、楽しくやっているのだろう。

本当にそうかは知らない。そうであったら良いな、とは、ちょっとだけ思う。

自室に戻って電気をつけると、布団が盛り上がっていた。

そう。いつものやつである。

しばらく眺めてから、なんとなくベッドに近づいて、布団の端をちょっと捲（めく）ってみた。

何にも入ってなかった。

単に見えないだけかもしれない。

どうでもいいか、と布団を戻したところで、捲ったのと逆側の端から鋏（はさみ）を持った手が出ていた。

肘の辺りまで腕が出ていて、錆（さ）びた裁（た）ち鋏（ばさみ）が刃を広げている。

「…………………………」

見守っていると、しゃきん……とゆっくり刃が閉じられた。

「…………………………」

そうして、瞬きの間に、しゅっと引っ込んでしまう。

布団はやっぱり膨らんだままだった。

「…………………………」

なんで俺の布団なのに、覗いたくらいで怒られているのだろう。

別に出ていけと言った訳でもないし、上に乗っかった時はそんな怒らなかったのに。

なんだか釈然としない気持ちで、俺はとりあえずお湯を片手にベランダへと出た。

威嚇されたばっかりで、一緒の部屋で消えるのを待っているのも嫌だったのだ。

「なー、いるかー」

思えば、俺の方から呼んだのは初めてである。

俺は隣のベランダにアクセスする方法なんて持ってないので、当然の話なのだが。

いや、一旦部屋を出てチャイムでも鳴らせばいいのか。でも、外からは呼ばない方が良かったんだっけか。どうだったっけか。分からん。

酔いが回っているせいか、どうにも考えなしに動いている気がする。動画配信者の件だって、いつもだったらもっと、穏便に避けられたかもしれない。

どうせ呼んだところで聞こえないだろうし、来ないかもしれないな。

そう思っていたら、隣の窓がからからと開く音がした。

「どうした、タカヒロ。珍しいね」

「さっき変なのがいてさ」

「変なの？」

「Y××Tuberだと思うんだけど」

「ふうん？　生配信？」

「いやあ、どうだったんだろ。そういや、画面確かめなかったな……」

不思議なことに、こいつはいつの間にやらY××Tubeについても理解を深めていた。少なくとも、少し前まではあんまり分かっている様子はなかったのだが。怪異も成長するものらしい。

先日も、『怪談のY××Tuberいたら見せて』と言われたので、二人で怪談師か何かの動画を見た。何やってんだろう、とは思ったが、そこそこ楽しんでくれたようなので、まあ良かった。

「その人が五階に行ったみたいで」

「部屋入った？」

「……らしい」

「じゃあダメだな」

隣人は冷めた声で呟いて、後は一切の興味を失ったようだった。

この断定は、本当に駄目なタイプの『ダメ』である。もう戻ってはこないんだろう。

ああ。

ただバズりたかっただけだろうになあ。

ていうか、やっぱり全然大丈夫じゃないじゃねえか。

明るく響く声がまだ耳に残っている気がして、なんだか居心地が悪くなる。

窓越しに布団を確かめてから、まだ退かねえな、と思いつつ話題を変えた。

「あのさあ、一個気になってるんだけど」

「うん？」

「お前って、なんて呼べばいいんだ？」

先ほど呼びかけた時に、ふと気になったことである。

今まで、半年以上一緒にいた訳だが、俺はこいつの名前に興味を持たなかった。

入居時にも誰も教えてくれなかったし、知ったところでいいことがあるとも思えなかったから、知ろうとも思わなかった。

それはきっと、正しい判断なんだろう。

けれども、友達の名前を知らない、というのも、思えば変な話である。

少しの間を空けて、笑い声が響いた。

別に、嫌な笑いではない。

単純に愉快で堪らないというだけで、馬鹿にしたような響きは一つもなかった。

「あのねえ、名前をつけると形になるからよくないんだよ」

「…………そういうもんか」

「言葉にすると信じるでしょう」

「……なるほど？」

何がなるほどかは全然分からなかったが、とりあえず、分かったようなフリをしておいた。

頭が上手く回っていない気がする。

やっぱり、酔いがまだ残っているのかもしれない。

くあ、と欠伸を零す俺の横で、隣人は何だかしみじみとした声で言う。

「タカヒロは全然信じないから、いいね」

「他の友達はみんな信じちゃうから。嘘だって分かるようにしてるのにね」

「……何が?」

先ほどまでと全く変わらず、どこまでも楽しげな響きだった。

この場合の『他の友達』というのは、架空の存在のことではなく、七〇二号室に住んでいた人間のことだろう。

俺より前に住んでいた人間の話だ。

そしてやはり、こいつはそれらと怪談の中の『友達』を区別している。

俺は、こいつの語る怪談が全くの架空の話だと断じている。

感覚として分かるからだ。そういう風に向こうがしている、ということなのだろう。

それでいて、そうしてもらっていても尚、信じてしまう人がいる訳だ。

「……信じたらどうなるんだ?」

「信じた時に分かるよ」

「要するに、信じないでいた方がいいんだな」

「そうだね」

あんまり答える気のない声の響きだったので、俺もそれ以上は聞かなかった。

信じるだとか信じないだとか、形のない感覚的な話を突き詰めたところで、しょうがない気がする。

何を何処まで、いつまで信じないでいればいいのだろうか。ぼんやりと夜空を眺める俺に、
隣人は軽い調子で口を開く。

「この先ずっとだよ」

笑い混じりに呟かれたそれに、俺はゆっくりと吐息を零した。

それはまた、随分と果てのない話だった。


まあ、でも。

先があるだけ、まだマシである。

髪の毛

「うお」

エントランスで郵便物を取り出したら、久々に髪の毛が一緒についてきた。

どうでもいいDMやらチラシやらと一緒に、結構長めの黒髪が入っている。ごっそり、と言うよりは、十数本ほどがあちこちに絡み付いている感じだ。

この髪の毛は主に、入居から五ヶ月ほど経った頃に起こる現象である。

なので滞在期間がそれより短い入居者は気づかないまま出ていくことが多い。そして、半年以上住んでいる住人のところではほとんど起こらなくなる。

ちなみに、レビューサイトにはこれに関する言及はない。あったとしても削除されているのだろう。

短期入居者は気づかないし、五ヶ月目から一月の間で数度遭遇する程度だから、あまり気に留める人がいないのかもしれない。

俺自身も、該当期間には幾度かチラシや封筒に髪の毛が絡み付いている、という経験をした。

その時は幽霊がどうとかより、単純に人間の仕業を疑った。ポストに髪の毛を入れておくだけなら、別に怪異ではなくとも十分に可能だからだ。

ただ、それからすぐに思い直した。

取り出した髪の毛を捨てようとすると、必ず手に巻き付いてくるからである。それとなく、例えば静電気で張り付いたような形で。

取れない訳ではないので、すぐに剥がして捨ててしまえばそれで済む。

けれども何度か続けば、分かっている人間にとっては、ただ絡まっただけでは説明がつかない動きをしているので不気味には感じる。

でもそれは、どちらかというと恐怖というより嫌悪感に近いものだ。

対処可能なレベルの問題だからだろう。なんというか、急に蚊柱と遭遇した時の気持ちに近いかもしれない。

俺は郵便物から丁寧に髪の毛を取り除き、指に絡まってくるそれを外して、エントランスに用意されているゴミ箱へチラシと一緒に捨てた。

このゴミ箱は、不要なチラシが多すぎるために管理人さんが用意してくれたものだ。

実際、入居以来やたらとチラシがねじ込まれているから、普通に住んでいる人は表向きの理由通りに使用している。

けれどもやはり、本来の用途としては『穏便に髪の毛を処分するためのもの』なのだろう。蓋付きのゴミ箱に貼られた『これはチラシを捨てるためのものです。一般ゴミは入れないでください』という手書きのメッセージを見下ろす。

確かに、動く髪の毛は『一般』のゴミではないよなあ、などと思いながら、俺は郵便物を片手に自宅へと戻った――――のだが。

部屋の前で鍵を取り出そうとしたところで、俺は自分の左手に起きた異変に気づいた。

「…………」

左手の薬指に、髪の毛が巻き付いている。

位置としてはちょうど根元の辺りだ。こんなところに髪の毛が巻き付いていたら違和感を覚えそうなものだが、この髪の毛は俺に気づかれることなく此処(ここ)までついてきた。

数秒見つめてから、そろりと爪先に髪の毛を引っ掛ける。

捩(ねじ)れた輪っかのようになっているそれと三分ほど格闘した結果、俺は極めて簡単な結論に至った。

外れねえな、これ。

「……………」

まさか、エントランスでないと外れない、ということだろうか？

あの場から出てしまうと外せないからゴミ箱が設置されていたと考えることも出来る。

戻って試してみるのもアリかもしれない。

どうせ、あとは風呂入って寝るだけだから時間は幾らでもある。

そう思ってエレベーターに戻ってみたのだが、俺は階数表示が『10』になっているのを見て、一旦諦めることにした。

このマンションで一番に不味いのは、当然のように七階である。ただ、正確に言うのであれば『安全に居住出来るのは一階から四階まで』が正しい。

五階はあの状況なので使えないとして、六階以上は基本的には本来の用途とは異なる運用で利益を出しているそうだ。

詳しいことは聞いていない。別に聞きたくもないからだ。

ともかく、俺が降りた後に十階に行っている時点で、少なくとも今はエレベーターを使うべきではない。

そうなると、階段を使った方がいいかもしれない。降りる分には何の問題もなく使えることは証明されている。

ただ、一階に戻ったとしてもこれが取れるかも分からないし、一階に着いた時点でもエレベーターが十階にあれば、その時点で俺はネカフェか何かに泊まりに行くことになる。

「…………うーん」

面倒だな、というこの感情が、ある種の慣れから生じていることは自覚があった。

なんとなく、七〇一号室の扉を見やる。

この場合、髪（これ）は、ベッドのあいつと同じような立ち位置になるのだろうか。

それとも、澄江由奈（スミエユナ）と同じように何かしら気に障る存在になるのだろうか。

今の時点ではこれといった反応はない。話したら取ってくれるかもしれないが、伊乃平（イノヒラ）さんからは、俺の方からあんまり頼むのはよろしくない、とも言われていた。

例えば澄江由奈の時のように、隣人が勝手に片付ける分には構わないそうだ。

でも、俺の方から何度も頼むような真似（まね）は、結局のところは食事を与えるのとさほど変わらない行為に当たるらしい。

まあ確かに。頼み事というのは、ある程度は見返りがあって然（しか）るべきものである。

頼むだけ頼んで、使うだけ使って、それで何のお返しもなし、が通じる相手ではないだろう。

一応は、『友人』をやっている時点である程度は大丈夫らしいのだが。

その『大丈夫』がどこまで本当に大丈夫なのか分からない以上、迂闊（うかつ）に此方（こちら）から持ちかけるべきではない、という話だ。

　さて。

　そんなことを考えている間に、俺は新たな変化に気づいた。

「締まってんな……」

　絡み付いている髪の毛が、徐々に俺の指を締め上げ始めている。

　もう既に結構痛い。このままだと、鬱血して不味いことになるに違いない。

　もしもこれで病院に行くことになったら、一体なんと説明すればいいのだろうか。

　そもそも病院で取れるのか？　取れなそうだな。

　リスクがどうだのこうだの言っている場合ではない気がしてきた。

　隣室を見やる。扉の方から呼ぶのはよくない、と聞いたことがあった。

　自室の鍵を取り出し差し込んでから、何度か回す。古いせいか、最近開くまでに若干手間がかかる。

　いや、これは俺が焦っているせいかもしれないが。

　玄関先で靴を脱ぎ捨てて、ベランダに出ようと進む。

　その途中、俺は視界に映ったものに足を止めていた。

　ベッドから腕が伸びている。

鋏付きで。

「え」

立ち止まった俺の前で、錆びた鋏が掲げるように示される。

しょきん、と錆びた刃が擦り合わさった瞬間、俺の薬指からは、解けた髪の毛が落ちていた。

「お、おお……？」

左の手のひらを確かめる。

薬指の根元には縛られたことによる赤黒い痕が残っていて、痛みと若干の痺れがある。だが、動きには問題なさそうだった。

開いたり閉じたりしてみるが、大きな異常は現れていない。次いで、落ちた髪の毛を確かめてみるが、別に飛びかかってきたりする様子はなかった。

一先ず安堵の息を吐いて、目を上げる。布団からはみ出た腕はそのまま残っていた。

いつもはすぐに引っ込むのに、珍しいことである。

「えーと、」

ありがとう、と言おうとして、俺は再度開かれた鋏の刃の擦れる音に、一旦口を噤んだ。

ごくごく些細な音でしかないのに、何故かいやに耳に深く響いた。

しょきん、しょきん、しょきん。しょ……きん。

執拗に繰り返した腕は、最後に殊更ゆっくりと刃を閉じてから、すっ……と引っ込んでいった。

消えていった布団の隙間を見つめてしばらく、俺は再び床へと視線を移す。

紐状になっていた髪の毛は、もはや元が髪の毛であったのかすら怪しいほどに細切れになっていた。

それこそ、幾度も幾度も鋏で切り離されたかのように。

デスクの端に置いてあるコロコロを手に取りながら、俺はなんとなく認識した。

多分だが、布団の奴はこの髪の主が嫌いなんだろう。間違った予測ではないと思う。でなければ、こうも執拗に切り刻む意味がない。

一度目で切られた時点で、髪の毛は動くこともなく落ちていたのだ。あとの数回——多分、七回くらい——は明らかに余計だった。

細切れになった髪の毛を丁寧に取ってからロールを捲り、とりあえず別に紙で何重かに包んで捨てる。

警戒から少しの間ゴミ箱を眺めていたのだが、特に這い出てくる様子はなかった。あれだけ執拗に細切れにされたのだから、多分大丈夫だろう。

今回はこれでなんとかなったし、反応を見るに次回もなんとかなると思うのだが、そもそも問題は『全く気づかない内に指に絡んでいること』自体なような気もする。

意識出来ない部分に勝手に侵食されるのは、はっきり言って不気味だ。髪の毛以外の何かが入り込んでいないとも限らない訳だし。

そういう訳で、俺は昼頃にメッセージで神藤（カンドウ）さんへと連絡を取った。いつものように伊乃平さんに対処法を聞ければ、と思ったのだ。

だが、今回はどうやら神藤さん自身が既に知っているようで、すぐに電話がかかってきた。

『〝申し訳ありませんがお付き合いは出来ません〟って書いた便箋をエントランスの自分の郵便受けに入れておくと良いみたいだよ。

前に鴨寺（カモジ）さんって人が同じ目に遭ってね、その時に兄に聞いた方法だから間違いのない対処法だと思う。心配だったら一応、確認してみるけど』

「あ、いえ。大丈夫です。やってみます」

簡単に言えば、値踏みをしたあと気に入った相手に交際を申し込んでくるタイプの怪異なんだそうだ。

分類上は冥婚ということになるらしいが、神藤さん自身はあまり詳しくは知らないらしい。別に俺も聞いたところで理解出来ないだろうから、その辺りは軽く流した。

ともかく、受け入れると碌（ろく）なことにはならないようで、正式にお断りをしないとならないそうだ。逆にいえば、断りさえすればさほど大きな害はないらしい。

ちなみに神藤さん曰く、鴨寺さんの時には布団のあいつは助けてはくれなかったようだ。

俺の場合に動いてくれたのは、恐らく隣人と仲が良いからだろう、とのことだった。

隣人が布団のあいつをどう思っているかは知らないが、あいつの方はそれなりに隣人に好意のようなものがあるらしい。

故に、隣人と仲の良い友人である俺のことも多少は助けてくれるつもりになった、ということだ。

聞いていて何とも微妙な顔をしてしまったのが電話口でも伝わったのか、神藤さんは最後にやや申し訳なさそうに笑った。

別に、神藤さんが申し訳なく思うところは一つもないのだが。

髪の毛の主は封筒に入れると開けられなくて読めないから、便箋だけで良いらしい。それなら、澄江由奈との文通（文通……？）のために用意したものがある。

デスクでお断りの手紙をしたためながら、俺はふと思った。

そういえば誰かに告白をされたのは初めてだなあ、と。

当然ながら、あんまり嬉しくはなかった。

後日。話を聞いた隣人はこんなことを呟いた。

「……へー、タカヒロでも対象内なんだねぇ」

珍しいことに、若干引いている様子だった。その後も、「えー……」と呟いているのが聞こえてくる程度には。

それが『隣人には俺が子供に見えている』が故の反応だったのか、それとも『俺個人を総合的に評価して』なのかは、特に聞かなかった。

別に怪異にモテたいなどとは微塵も思っていないが、それでも後者だとしたらなんだか謎に切ないからである。

『ご利益』

「友達から聞いた話で、これはもう大丈夫な話なんだけどね」

……何か妙な注釈が入った気がするが、とりあえず黙って耳を傾けておくことにした。


三十年ほど前の話だ。

登山が趣味だというUさんが、××くんに不思議な話を聞かせてくれた。

群馬の山奥にある廃神社に『幸福の石像』と呼ばれる像が立っていて、その石像を少し削って持ち帰ると、次々と幸福に恵まれるのだそうだ。

武運や金運のお守りとして知られるような名所とは違って、詳細な場所は現地の詳しいものでもないと知らないのだとか。Uさんは親しい登山仲間から、その廃神社の場所を教えてもらえたらしい。

『××くん、そういう話好きでしょ？　週末の三連休で登ってくるから、本当にあったら教えてあげるよ』

そう連絡を入れてくれたUさんだったが、次に会うことが出来たのはそれから三ヶ月も後だった。

聞いたところによると遭難していたらしい。右足を骨折しているだとかで入院していて、××くんは病院までお見舞いに行ったそうだ。

足以外に大きな負傷はなく、想像よりも元気な様子だった。××くんは幾分ほっとして何があったのかを尋ね、Uさんから山での話を聞いた。

「君なら信じてくれると思うんだけど。神様と会ってきたんだ」

Uさんが登った山のルートはいわゆる中級者向けの道で、慣れているUさんであればなんら問題はない計画だったのだという。

実際、彼は無事に件の廃神社に辿り着くことも出来たそうだ。朽ちかけて半分も原型を保っていなかったが、確かにそこは神社だったし、聞いた通りの石像も確かにあった。

首のない、雌雄同体の四本腕の生き物が座していたという。元よりない訳ではなく、単に頭が削り取られているだけのようだった。

周囲にはこれでもかと注連縄が張り巡らされていて、木製の看板がいくつも並んでいたそうだ。

看板には、拙い字で次のような文言が書かれていた。

『あなた方に与える分はありません。もう取らないでください』

注意書きにしては、懇願の意図が強い。何枚も何枚も、『もう取らないでください』と書かれた看板が並んでいるのを見て、Uさんはなんだか可哀想になって、何も取らずに神社を去ったそうだ。

「おかしいのはさ、そこを出てからだったんだよ」

Uさんは木々につけた目印を辿りながら、元来た道へと戻ろうとした。だが、しばらく進むと、どういう訳か石像のある神社に戻ってきてしまう。

木々の合間を慎重に進んだ結果、遠くの方に並んだ看板が見える——というのを三度繰り返した頃、Uさんは一度その場に立ち止まった。

初めは単純に、疲労から来る方向感覚の誤認を疑った。山では、自分でも意識出来ないままペースを崩して、無理をしたせいで体調を崩すことがある。

まずは持参した水を飲み、その場で落ち着くまで待機して、精神と肉体を持ち直そうと試みた。

焦りは禁物だ。Uさんは予備日も含めて予定を立てていたし、いざという時の備えもしていた。安全な場所さえ見つけられれば無理に下山する必要もなく、今日は山中で一泊しても構わない。

心と身体を落ち着けるための時間を取ったあと、自分でも大丈夫だ、と判断し直したUさんは、再び下山のための目印を追った。

そうして。

四度目の朽ちた鳥居を見た時、Uさんは力が抜けたようにその場に座り込んでしまった。疲労も限界だったし、得体の知れない恐怖に気力を挫かれたというのもある。

Uさんはしばらく悩んでから、注連縄を跨ぐようにして石像へと近づいた。

「ごめんなさい。ちょっとだけ、いただきます」

もしかしたら『幸運』を得れば、山を下りられるかもしれない。

そう思ってほんの少しだけ石像を削った。小さな欠片を手にした時、Uさんはどういう訳かひどく安心したそうだ。それは、なんとも不気味な安堵感だった。

持ち合わせているべき懸念や不安が無理に取り払われているような、言うなれば疲労によって状況判断が鈍っている時に近く、周囲への警戒を怠っているだけの無責任な幸福感が頭を支配していた。

これは良くないものだ、と理性は言った。けれども、Uさんの手は欠片を手放そうとはしなかった。

手の中の欠片を大事に握り締め、これでもう大丈夫だ、と息を吐いた瞬間——辺りは真っ暗になっていたそうだ。

木々の葉擦れの音を聞きながら呆然とするUさんは、それでも自分が妙に落ち着いていて、落ち着きすぎていて、全てを受け入れていることに気づいた。

並んだ木々の奥から聞こえてきた声のことも、幻聴だとは思わなかったそうだ。

「あのう」

辿々しい、継ぎ接ぎの声が、暗がりから呼び掛けてきた。

「そめいりようたに つたえてください」

「はやく かえしてくれないと みんなが とおくになります」

つたえてください、と繰り返して、暗闇はじっとUさんの反応を窺った。

何が何だか分からないが、Uさんは頷いた。

目が覚めた時には、石像も何もない、何処かの岩場の端で倒れていたらしい。

幸運なことに、通りかかった他の登山客がUさんを見つけてくれて無事に救助された。

体感では経過時間は二日ほどだったのに、戻ってきた時には三ヶ月が経っていたそうだ。

「ソメイリョウタって人を探しに行きたいんだけど。この通り、足がしばらく治りそうになくてさ。××くん、こういう話好きでしょ?」代わりに探してきてくれないかな、と言われたらしいが、××くんは当たり障りのない言葉で断ったそうだ。

そもそも知らない人の家を探すだなんて手間が掛かるし、何より、何も持っていない筈(はず)のUさんの左手が大事そうに握り締められたままなのが、妙に気味悪く映ったからだという。

それから、Uさんとは疎遠になってしまったので、彼がどうなったのかは知らないそうだ。

「――――怖かった?」

「……ああ。まあ……山って怖いよな」

怖いのは山だけではなかった訳だが、わざと自然の怖さにだけ触れておいた。実際、太刀(た)打(う)ち出来ない大自然というのは恐ろしいものだし。

例えばこれが街中にある神社の話だったとしてもそれなりに怖いが、やはり周囲に何も頼れるものがない場所で怪異と遭遇するのとは心持ちが違うだろう。

運が悪ければ、そのまま見つからずに亡くなっていた、ということもある訳だ。そもそも、実際の登山でも行方(ゆくえ)不明になっている人はいる。

怪異や神様がいなくとも既に十分すぎるほど怖いのだから、合わされば倍は怖い訳で。ところで。

「取らないでほしいなら、そもそも入れないようにすればいいんじゃないか？　どうしても神社に着くなら、その逆も出来る気がするんだが」

至極真っ当な指摘だと思ったのだが、隣人はくにゃりと口のついた管を傾けるだけだった。

「なんで？」

「なんでって……入ってこないようにすれば、そもそも取られないだろ」

隣人にはピンと来ていないようだった。今度は俺が首を傾げる番になる。

そんなにおかしなことを言っているだろうか？　迷わせるような力がある存在なら、元からきちんと避けておけば良い話だ。人間だって、窃盗を警戒して自宅に鍵をかけるのだから、怪異——神様？だって当然そうしたっていい筈である。

訝しむ俺に、隣人はしばらく何やら考え込んだのち、ああ、と溜息にも似た納得の声を漏らした。

「取られている内だけは信じられているから、取られないとだめなんだよ」

「……信じられているから取られているんじゃなくてか？」

「強くて尊いものはそう。あいつは弱くて卑しいから逆」

「…………なるほど」

この『なるほど』は納得を表したものではなく、単純に穏便かつ簡潔にこの話を切り上げたいな、の意で発したものである。

隣人は今、『あいつ』と口にした。その呼称は間違いなく神社にいた何かを示している。此処(ここ)で問題なのは、この響きには、よく知った関係性の存在を語る時の気やすさが含まれている、ということだ。

要するに、この話の場合の『友達』とは、普段語られている主人公としての架空の存在ではなく、怪異の方を指している。もちろん、これもまた、実在しない怪異である。登山が趣味のUさんも、怪奇話が好きな××くんも、山奥の神様も、ソメイリョウタも、存在しない——筈である。

「…………」

隣人の語る怪談で個人名が出てきたのは初めてのことである。

片手に持ったスマホで、なんとなくブラウザに検索ワードを入れてみる。『ソメイリョウタ』と入力した時点で、『千葉　不審死』がサジェストされた。

五年ほど前に、千葉で不審死をした人間のようである。一人暮らしで親戚もおらず、長い間姿が見えないと思ったら、自宅の庭に首だけが埋まっていたそうだ。

家の中が鏡だらけで、埋まっていた首も砕けた鏡を飲み込んでいたのだという。まあ、最後の情報に関してはオカルト趣味のサイトが語っているものなので、勝手に盛られているのかもしれない。

「…………」

俺は知っている。隣人の語る怪談は全くの創作であり、全てが虚構である。

その上、信じてはならない嘘(うそ)である。

何より隣人は実際にあった話ならば、そのように断りを入れる。例えば、『これはイノヒラの話なんだけどね』といったように。

いや。そうなると。

『もう大丈夫な話なんだけどね』が引っかかる。

の、だが。

「…………」

知らず、口から盛大な溜息が漏れた。

検索していたブラウザを閉じて、冷めたコーヒーに口をつける。

俺の予測が正しければ、これは実際に起きた事件から拾い上げてきた名前なのだ。信ぴょう性を持たせるためだけにランダムに選ばれた、何処かで実際に何かをしでかした人間の名前である。

……『嘘』を疑わせるために仕込みをしてくんのって、大分悪質ではなかろうか。

軽い非難を込めて隣のベランダを見やると、目と口はとうに引っ込んでいて、爛れたような黒い指だけが何処か揶揄うようにひらひらと揺れていた。

時折、小さく笑い声だけが聞こえる。一体何がそんなに楽しいのか。わざわざ尋ねるつもりはなかった。

こちらから沈黙を破るのもなんだか癪で無言を貫いていると、仕切り板の向こうから笑い混じりの呟きが落ちた。

「タカヒロも、山に行く時は気をつけてね」

「登山は一生しないから大丈夫だ」

「なんで？」

「熊とか怖いだろ」

俺は今度は即答した。熊は怖い。獣害事件の話を見るたびに、人間には決して太刀打ち出来ない生き物だと思い知る。

あとは最近ハヤトに薦められて見たアニメでも、やたらと熊が強かった。熊は怖い。

「そっかあ。会いに行ったら楽しいのにね」

隣人はなんだか残念そうに呟いていたが、俺は聞こえなかったフリをして、素知らぬ顔で話題逸(そ)らしにアニメを薦めておいた。

写真、あるいは窓

「まったく、どうしたもんかね」

一月七日。馴染みの喫茶店の、一際目立たない奥の席にて。

兄の伊乃平は一枚の写真を見下ろしながら、軽くぼやくように呟いた。

卓上に置かれている写真に写っているのは、薄暗い和室と、着物姿の少年である。

裾が合っていないのか、妙に短い。少しの間眺めてから、これは幼い子供用に仕立てたものを無理に着ているのだ、と気づいた。

「そんなに危ないものなのかい？　それ」

心霊写真そのものを恐れる必要はそんなにない。写真を介してまで害を成せるような強い存在なんてものは、あまりいないからだ。

僕の記憶が正しければ、以前、何かの折にそのように説明されたことがあった。

そもそも、写真に限らず、兄が心霊現象を恐れるところを見た覚えがあまりない。大抵の事象に関しては涼しい顔で片付けてみせる兄の珍しい表情に、此方も思わず眉を顰めてしまう。

着古した鈍色の着物を身に纏った少年の姿は、ちょうど鼻の辺りまでを写して枠外に切れていた。

真っ暗な部屋でフラッシュを焚いて撮ったことが分かる。わざわざ明かりもない和室で撮っている辺りが、なんとも言えない居心地の悪さに似た不気味さを醸し出していた。けれども、残念ながら兄と違って特別な力など一切ない僕には、見たところでピンと来るものはあまりない。

純粋な疑問を口にすると、兄は特に答えることもなく写真を裏返し、徐に、もう一度表にした。

少年の姿が近づいていた。

此方に向かって歩き始めているところで、無邪気に伸ばしている手がブレている。

言葉もなく写真を見下ろす僕に、兄は淡々とした声音で呟いた。

「別にこれ自体は何も問題はない。持っていても死ぬこともないしな」

ただ、と兄は続ける。

「これを手元に置き続けておいて、平気な顔をしている奴にはそれなりに問題がある」

特に興味もなさそうに写真を伏せて傍らへ追いやった兄は、それ以上言葉を続けることなく、届いたコーヒーに口をつけた。

そのまま、対面に僕がいるというのに文庫本を開き始める。

いつものことだ。兄は自分の仕事に勝手に僕を巻き込む割に、その詳細を説明してくれることはほとんどない。

もっと昔、こんな風に仕事として怪異と関わるようになる前からもそうだ。僕は自分が一体何をしているのかも分からないまま付き合わされて、『終わったからもういい』と切り上げられる、というのを数えきれない程度には経験している。

「説明を勿体ぶるのは悪い癖だと思うよ、兄さん」

役職上は僕の方が長に置かれているのにな、との思いが声音に表れていたのか、兄は機嫌を窺うような素振りと共に口を開いた。

「この世には『知りたくなかった雑学』なんぞより何十倍も知らなきゃよかったことが溢れてるんだから、知らずにいた方がマシに決まってるだろう。お前も変に興味を持つのはやめておいた方がいい」

「うーん……確かにそうなのかもしれないけれど、それは散々好き勝手に巻き込んでいる人が言っていい台詞ではないかな」

妻である涼香さんの顔を思い出しながら呟いた僕に、兄はなんとも分かりやすい仕草で視線を左上へと逃した。

涼香さんは僕が危ない仕事で振り回されることを嫌がっていて、兄と涼香さんは顔を合わせるたびに喧嘩をしていた時期がある。特に、マンションの一件があってからは酷かった。僕にとってはどちらも大事な家族なので、出来れば仲良くしてほしいのだけれど。なかなか難しいものだ。

悩ましい顔でカップを持ち上げる僕の心中を察しているのか、兄は露骨に間を埋めるようにして言葉を投げた。

「巻き込んでいるからこそ説明しないでおいているんだよ。確かに解明こそが恐怖の解消に繋がる場合もあるにはあるが、碌でもない事態に陥るリスクを取ってまで選ぶような道でもないだろう。勿体ぶってるくらいが丁度いいんだ、こういうのは」

「巻き込まないという選択肢はないんだねって話は置いとくとして……別に、僕が関わるだけならそれでもいいけど。今のは高良くんが関係している話だろう？　だとしたら、僕としてはある程度は知っておきたいよ」

片眉を上げた兄から返ってきたのは、なんとも面倒臭そうな重さを含んだ溜息だけだった。

なんだかんだとそれらしい言葉を連ねているが、結局は説明が面倒なだけなのだ。何せ、己の出自に関わる重要なことですら、碌に説明などしてくれない人間である。

「どうやら余程彼を気に入ってるらしいな」

「それはもちろん。高良くんは良い子だからね、とても」

聞き流すようにして薄い笑みを浮かべた兄は、栞紐を挟み直した文庫本を置くと、空いた手で伏せられていた写真を捲った。

切り取られた光景が、再び変化している。真っ白にぶれた手のひらが、ちょうど拳を作って此方に叩きつけられるところだった。

スマートフォンを取り出した兄は、僕にも見えるようにして録音アプリを開いてみせた。写真のすぐ隣でそれを起動し、波打つ波形を見下ろす。

店内のざわめきを拾っているにしては、振れ幅があまりにも大きかった。

録音を止めた兄が、なんとも気軽な調子でそれを再生する。

『おぉーい　おーい　おぉおおい』

妙に間延びして呑気に響くそれは、それでいて妙な焦燥を抱いた叫び声だった。時折、壁を叩くような音と、硝子を引っ掻くような音が混じっている。

何かがそこから出たがっているのは明白だった。それでいて、出ることは叶わないから呼んでいることも、すぐに察した。

なんと返せばいいか迷って無言で見下ろす僕に、兄は再生を止めてから話を続ける。

「こいつは『呼ぶ』だけで、連れていくようなことはない。その呼び声すら、肉声として人の耳に届くこともない。けれども、聞こえないからといって存在しない訳ではないし、通常の方法では認識出来ないというだけで、厄介なことに確かに実在している。

加えて、この碌でもない品の送り主は、信じちゃならない怪談を話してくるような怪異な訳だ。こんなものと共に呑気に暮らし続けていて良い筈がないし、出来てはいけないんだよ」

写真を睥睨する兄は、ある意味では怪異を前にした時よりも不気味なものでも見るかのような顔で続けた。

「だが、高良くんは恐らくこいつと一年でも二年でも、それこそ十年でも共に暮らし続けることが可能だろう。本当に、あれの友人をやるには向きすぎてるくらいだな」

「……厄介者のように言うのはよしなよ。兄さんが呼び寄せたんだろう？」

「もちろん。そういうのが来ればいいな、と丹精込めて看板を置き直したんだ。あの類いの奴が来てくれなきゃ困る。ただ、まあ、もう少し碌でもない奴が来てくれた方が俺としても都合が良かったな」

兄は少し呆れたような、困った子供を想う顔をして、持て余すように呟いた。

「こういうものからの干渉を平気で放置出来るような人間は、いつかあっさり踏み外して死ぬ。己を騙すことに慣れすぎているし、そもそも自分で信じている危機察知能力自体が麻痺しているからな」

兄はあくまでも何の重みもなくあっさりと言い放ったが、そこに高良くんの身を案じる響きが一欠片もなかったかと言えば、そうではなかった。これは兄にしては大分珍しいことである。

「…………もっと強く止めた方が良かったんだろうね」

僕の脳裏には、面接をした日の、憔悴しきった様子の高良くんの姿が浮かんでいた。精神的な負担が積み重なっていて限界だったのだろう。感情のままに生い立ちを語る彼はひどく取り乱していた。けれども、それはあくまでも環境によって追い詰められていたが故だ。

高良くんは歳の割にはとても落ち着いていて、珍しいくらいに真面目な青年だった。あんな危ないマンションに住むことを仕事とするくらいなら、他にもっと幾らでも良い仕事がある筈なのに。彼に必要なのは怪談を語る友人ではなくて、適切な支援や精神面でのケアではなかったのだろうか。

僕は今でもそのように思っている。いや、高良くんが明るくなって顔色が良くなったのを見た今だからこそ、その気持ちは更に強くなっていると言ってもいい。

あの厄介なマンションで上手くやってくれているからこそ、いつか、きちんと退去のための話をしなければならないだろうと思っている。

俯く僕とは対照的に、兄は普段となんら変わりない様子で首を傾げるだけだった。

「どうだろうな。止めたところであのまま自死を選んだだけじゃないか？　死にたかったんだろう、彼は」

「……死ぬしかない、と思い込むほどに判断のつかない状態に陥っていただけだよ。それに、きちんとした治療と支援さえあれば他に幾らだって道は選べる人だろう」

「いや、無理だ。彼処に住んでいなければ彼の母親が穏便に死ぬことはなかったんだから、結局は元通りになる。残念ながら、血の繋がりってのはそうそう断ち切れるものじゃないんだよ」

僕は無言で兄を見つめた。単に、言葉が見つからなかったのである。

対面に座る兄は僕が何にそこまで驚いているのか、なんとも不思議そうな顔で目を瞬かせたあと、何某かの弁明を込めて片手を上げた。

「断っておくが、俺は何もしてない。もちろん、七〇一号室だって何もしていない——と言えるし、なんなら澄江由奈も何もしてないことにしても良い。まあ、そうだな、要するに、そう、勝手に死んだだな」

説明を面倒臭がっているのがよく分かる声音だった。こういう時には、これ以上は何も語ってはくれない。

精神的な疲労から痛みを訴え始めた頭を押さえる僕に、兄はしれっとした顔で続けた。

「ともかく、高良くんは七〇二号室の住人としてこれ以上ないほどに適性があるし、環境的にも結局のところは至極向いているってことだ。元気にやってるんだから、そんなに気に病むなよ。俺も出来る限りは協力するし、何よりせっかくの『大事な友人』だ、きっとあいつも悪いようにはしないさ。

それに、人間は何をしたって遅かれ早かれ死ぬんだから、こっちが幾ら慮（おもんぱか）ってやったところで仕方がないだろ」

「……そういうことはもう少し他者を慮ってから言ってほしいな」

「もうこれ以上ないほどに慮ってるだろうが。見てみろ、今日も元気に生きてる」

全ての弁明を提示するように軽く自身を示してみせた兄に、僕は今度は別の理由から返す言葉を見つけられずに、とりあえず、言い訳のようにオレンジケーキを注文しておいた。

あとで高良くんにも買っていってあげよう。ささやかな慰労として。

＊＊＊

後日。兄からはメールで、『戸枝道弘の妻子の件は無事に解決した』とだけ連絡があった。

どうやらこれは、高良くんへの伝言らしい。

そこまで面倒を見るなり繋がりを持つなりするのなら、連絡先を交換してあげれば良いのに。そう思うけれども、兄には兄なりの規則があって、それを守ることが彼の人生における重要な指針であることも理解は出来た。

言ってしまえば、それを怠るのならば、もはや兄は兄ではいられなくなるのかもしれない。

神藤伊乃平という人間は、戸籍上は僕の十歳上——四十五歳ということになっている。

だが、実際に存在している彼の肉体年齢は、僕と全く の同い年だ。

二十五年前のとある日、いつもと何ら変わりない態度で出掛けた二十歳の兄は、どういう訳か十歳の姿になって帰ってきた。本人は心底うんざりした顔で、自分は間違いなく神藤伊乃平であると主張した。

両親としても僕としてもそんな言葉を受け入れられるはずもなく、散々調べ尽くして、本当に彼が『神藤伊乃平』だと判明して——当然、それからが随分と大変だった。

当時は誤魔化すためにひどく苦労をして、何度か引っ越しさえしていて、両親は今でも僕らを出生地には近づかせないように忠告してくるほどである。

二十五年前と同じ現象が起きないかと、不安に思っているのだ。兄曰く、場所など関係ないそうだから、何処に住もうと同じだそうなのだが。

なんにせよ、僕や両親のように、霊感などとは程遠い人間にはさっぱり分からない感覚である。昔は知りたいと思ってあれこれと調べ回ったりもしたのだが……すぐに無駄だと気づいて止めてしまった。

何より、兄は僕に『知らないでいること』を望んでいる。あるいはいっそ、全てを知らなかったことにしてほしい、とさえ思っている。

まあ、そんな話はさておき。

『戸枝道弘さん』という方について、一先ず僕から高良くんへと解決について伝えると、心底ホッとした声で礼を言われた。事情をよく知らなかった僕がそれとなく尋ねると、『バイト先の店長から相談されて、伊乃平さんに話したんです』と返ってきた。

どうやら、兄は彼の頼み事を引き受けたらしい。しかも大した金額も受け取らずに。

随分と珍しいことだ。なんだかんだ言って、兄も高良くんのことは気に入っているのかもしれない。

それが高良くんにとって良いことかどうかは、僕には少し判断がつかなかった。けれども、少なくとも僕にとっては、喜ばしいことではあると思う。

僕は、兄を此方(こちら)の世界に繋ぎ止める縁は一つでも多い方がいいと思っている。結局はその全てを断ち切ってしまうような人だとは知っているのだけれど。

『伊乃平さんにお礼がしたくて、なんでしたっけ、××神社？にお参りに行こうと思っているんですが。この辺りでは見ないし、調べても出てこなくて。神藤さんに教えてもらえばいいと言われたんですが、場所を聞いてもいいですか？』

「××神社？」

久しぶりに聞いた名称だったが、僕の記憶ははっきりと地元のこぢんまりとした神社を思い浮かべた。昔、兄と共に遊び場にしていた場所でもある。

「一応は知ってるから案内なら用意出来るけれど……岩手の方だよ。大丈夫？」

『えっ、近くじゃないんですか？』

明らかに困惑した高良くんの様子から察するに、兄は場所の詳細を語らなかったのだろう。どうせ、高良くんから聞かれた僕が地図なり何なり用意すると思っているに違いない。

やっぱり、単純に説明という行為そのものを面倒に思っているだけではなかろうか。呆れと諦めを半々にしたような溜息が、勝手に口から零れ出た。

「兄のことだから、何としても必要って訳じゃないだろうし、都合の良い時に、旅行のついでにでも行くくらいで大丈夫だからね。なんだったら、僕が車も出すよ」

何としても必要、ではなくとも、兄が挙げたのであればそれなりに意味を持つ場所ということでもある。同時に、僕にとっても全く意味のない場所ではなかった。

少なくともあそこには、何の心配もなかった頃の兄との思い出がある。いい機会、と言えなくもないのだし、二十五年ぶりに訪れてみるのもいいかもしれない。

高良くんには何だか申し訳なさそうにされてしまったけれど、むしろ申し訳なくなるべきは此方の方なので、全く気にしなくて良いんだよ、と念押ししておいた。

最後の配信

オレ――恵方ミノルは何の取り柄もない人間だが、昔から、ちょっとした霊感だけは持っていた。

親戚の葬式では故人の声を聞いたり、過去に事故があった場所でぼんやりとした幽霊を見たり、同級生の肩にハムスターの霊が乗っているので尋ねてみたら、昔飼っていたという話になったり。そういう、些細なものだ。

唯一の特技だと言えるものだったが、もちろん、実生活ではそんな素振りは見せない程度の分別はあった。大学生にもなって『オレって幽霊の声が聞けるんだよね』などとほざいていても、愛想笑いで流されて避けられるだけだ。

オレは自分が輝ける場所は、ネットにあるのだと分かっていた。ネット上では至る所で怪談話が広がっていて、ちょっと良いネタを呟けば軽くバズることだってある。

実際、オレが幾つかの体験談として呟いた実話怪談はＳＮＳでもそこそこウケて、それなりの反応を貰っていた。

手応えはあった。現実世界のオレは何処にでもいる冴えない大学生だけれど、実話怪談を語るのなら、その何処にでもいる感じこそが武器になった訳だ。

オレは講義もそっちのけで、ネットで怪談を発信することにハマり、結果としてSNSでそれなりのフォロワーを稼ぐことに成功し、エゴサにも引っかかるようになり、浮かれに浮かれまくり、見事、半年ほど経った頃に全く伸びなくなった。

端的に言おう。飽きられたのだ。

オレとしては前と変わらず面白い怪談を発信してるつもりでも、『前に見たのと同じ』だと言われてスルーされるようになった。最近では、『嘘ついてまで人の気を引いて楽しいか?』なんて嘲笑混じりの反応までやってくる。

断っておくと、オレは嘘なんてついていない。いくら反応が欲しくたって、そこまでやったらおしまいだからだ。

大体、オレが呟きのためにどれほど時間をかけて心霊スポットを巡ってると思ってるんだ。嘘なんかついたら、これまでの努力全部を台無しにすることになる。

飽きられたのなら、いつもと違うことをやってみるのはどうだろう? そう思って、Y×

×Tubeを始めた。

界隈自体が盛り上がっていたし、文章という形に比べると、配信や動画といったものは視覚に訴えるからインパクトもでかいと思ったのだ。

結果としては惨敗だった。

元々使っていたSNSアカウントのフォロワーの内、二十分の一も動画を見に来てはくれなかったと思う。活動の場所を移したことで、他に同ジャンルの動画を撮っている活動者が視界に入ってくるようになって、尚更焦るだけだった。

そんな風に焦燥ばかりが積み重なっていた頃。SNSの相互フォロワーの一人が、特大のバズり方をした。何万人にも拡散されて、閲覧なんて百万を超えている。

オレはネットの中なら特別でいられるのだ。でも、ネットの中にだって、オレよりも特別な人間は山のようにいる。そんなことは当然理解しているつもりだった。けれども、実際に現実として目の当たりにするのは別だった。

かつてないほどの焦燥と不安が、オレの胸を支配していた。

どうしてだろう。勝手に居場所を奪われたような気持ちにすらなっている。そもそもが、そこはオレの居場所ですらなかったというのに。

とにかく。早急にオレも何か、大きなネタを仕入れなければならなかった。オレにだって出来る筈だ。だって、本当に霊感があるんだから。

燻っていたオレに幸運が訪れたのは、年が明けてからだった。動画のためにネタ探しを続けている内に、オレはとあるマンションについての話を耳にした。

なんでも一時期、妙なマンションへの入居者募集が界隈で噂になっていたらしい。実際に住むことになった者もいたそうだが、それ以降の話は聞いた覚えがないという。

大きなネタの気配を感じて噂の出所を追い始めたオレは、少しして『グ■ハイツ■』というマンションに行き着いた。

そこは築三十年の十階建てで、一部の部屋を短期入居者向けに貸し出している物件だった。以前にレビューサイトが何かおかしい、と少し話題にもなっていたらしいが、心霊スポットとして目立っている様子はなかった。

チャンスだと思って、すぐに短期利用の手続きをした。オレの部屋は三〇二号室だ。駅近な割に静かで、それなりに住みやすいというのが前評判だった。

近くにコンビニもあるし、最寄駅の利便性は今一つだったが、それでも確かに評判通りの住み心地ではあった。

心霊動画というのは、生配信である方がいい。編集した動画よりも緊迫感が生まれるし、此処だったら絶対に、間違いなく特大のネタが撮れるという確信があった。それも、継続的にだ。

越してきてからすぐ、オレは五階に異常があることを察した。廊下の蛍光灯が一つ残らず抜かれていて、住人は誰も入っていない。

六階からは管理会社が違うのか長期の利用者向けということだったが、五階に関しては『貸し出していない』と明言されている。

あまりにも詳しく聞き出そうとしたので管理人のおばさんには怪しまれたような気がするが、どうせ夜になれば帰ってしまうのだから関係はなかった。

暗視カメラだのなんだのと色々と準備を整えた頃には、一月の下旬になってしまっていた。最近ではアカウント運用も上手くいっていなくて、ほとんど放ったらかしているせいで、たまに呟くと逆にフォロワーが減ったりする。

でも、このネタさえあれば全てがひっくり返るのだ。むしろ、オレの方こそ特大にバズったりなんかするかもしれない。フォロワーだって何倍にもなって、なんだったらチャンネル登録者だって増えて動画の収益化だって通ったりする可能性だってある。有名になったせいで身バレとかしたりして、大学で呼びかけられちゃったりして。

なんて、甘い夢想を振り払うように気を引き締め、配信者としての声を作る。チャンネル名と名乗りから始まる挨拶も、今ではすっかり慣れたものだ。

「今日はなんと、まだ知られていない極秘の心霊スポットを発見したのでやってきました。かなり危険な場所だと思うので、皆さんも覚悟して視聴してくださいね」

仮面越しに話しかけるオレに、細々と集まっている視聴者がぽつぽつとコメントを始める。半数は仲間内の惰性で見ているようなノリだ。

『こんばんは』『久々〜』『頑張ってんね〜』『どこ?』『××くんみたいに専門家の案内とかつければ面白いのになー』『仮面新調した?』

特に大きな反応もないので虚しさはあるが、今日こそはこの惰性で付き合っているような視聴者たちも絶対に盛り上がる筈だ。

期待で弾みそうになる声を神妙なものに抑えつつ、エレベーターに乗り込む。五階のボタンを押せば、すんなりと動いて、真っ暗闇の前でドアが開いた。

この時点でも不気味がり始めている様子のコメントを眺めつつ、スマホのライト機能で前方を照らす。

「この階だけ理由があって部屋を貸してないらしいんです。でも、間違いなく人の気配がするんですよね」

外に面している筈の廊下も、他と変わらない程度に暗い。マンションの隣に、スナックやバーの入ったビルが隣接していて、月明かりが遮られているせいだ。あまり繁盛していないのか、もしくは看板だけでとっくに廃業しているのか、隣のビルはいつも、不気味なほどに静かである。

進むにも困るほどに暗いが、昼間に一度、下見として確認しに来たのでスマホのライトがあれば十分だった。

作り自体は、オレが部屋を借りた三階とさほど変わらない。昼にインターフォンを押した時には反応がなかったが、人の気配がした、というのは本当の話である。

空き部屋とされている部屋の扉の向こうで、確かに足音が聞こえたのだ。きっと、オレのように霊感のある人間にしか聞こえないものだろうが。

視聴者に向けてこのマンションのレビューサイトのＵＲＬを示して、雰囲気を作るために異様さを伝えながら足を進める。

前に来た時には扉に触れることはなかったが、今日は突撃してやるつもりだった。絶対に、誰が見ても異常だと思える事態が起こるに違いない。

ちなみに、呪われるような心配はしてなかった。そこまで危険だったら、他の階だって貸し出したりなんてしてない筈だ。

五〇一号室の扉の前に立ったオレは、演出と本気が半々に混じって微かに震える指でインターフォンを押した。

ピンポーン、と間延びした電子音が響いて、そうしてすぐ、

『はーい！』

と、やたらと明るい声が響いた。ぎくりとして、反射的に背筋が伸びる。

「……え？」

あまりにもはっきりとした声だった。怪奇現象として扱うには、ちょっと明瞭すぎるくらいだ。

オレは間違いなくこの階が貸し出されていないことを確認した。だが、これだけ明るく朗らかな声が返ってくるとなると、もしかして『一般の人に貸し出していない』というだけの意味なのかと思えてくる。

いや。でも、そうだとしても廊下の蛍光灯が抜かれている時点で十分におかしい訳で。

そんな理屈は思いつくのに、なんだか自分が妙に間違っていることをしている気がしてきて、オレは言葉に詰まってしまった。

「………」

『どうかされましたぁ？』

「あ、いや」

『間違えちゃったんですねー、大丈夫ですよー』

言い淀んでいる内に、声はなんとも明るいトーンのままでぶつりと途切れた。

あっ、えっ、などと情けない声で戸惑うオレの目に、『普通に住人じゃない？』という画面のコメントが映る。声自体は視聴者にも間違いなく聞こえたようだった。残念ながら、一切怪奇現象だとは思われていないようだけれど。

『ん？』だとか『？』だとか、疑問をそのままに表したような記号が流れる中、『人様んちを心霊スポット呼ばわりかー』と、呆れを含んだコメントが混じった。

その一言をきっかけに、決して多くはないコメントがあまり良くない方向に流れていく。『こういうのはどうかと思う』だとか。『なんか方向性変わっちゃったな』だとか。『ただのマンションじゃん』だとか。嫌な汗が滲んで、動悸が激しくなるのが分かった。

今すぐ配信を切りたい気持ちと戦いつつ、オレは何とか唾を飲み込んで、つっかえそうになる喉を誤魔化す。

「いやいや、住んでるのが普通の人だったら、廊下の蛍光灯全部抜いてあるのはおかしいでしょ」

焦りの滲む声で呟きつつ、オレは意地になって、隣の部屋のインターフォンも鳴らしに行った。

此処がおかしいってことを証明しないとならなかった。このまま終わったら、オレは迷惑系認定されてしまう。

『はーい！』

全く同じ声がした。本当に、全くと言って良いほど、同じ響きだった。

今度は、高揚から思わず身体（からだ）に力が籠もった。

『どうかされましたぁ？』

間延びした声音に、コメント欄も少し遅れて異変に気づき始めたようだった。戸惑いのコメントがいくつか流れて、それから徐々に流れが変わる。

『間違えちゃいました？　階段だったら降りれますよー』

なんて、呑気（のんき）に告げる明るい声を無視して、更に隣の五〇三号室へと足を進めた。これで、三つ目も同じ声が響いたなら、確実に盛り上がるに決まっている。

インターフォンを押して、間延びした呼び出し音が暗がりに響いて、すぐ。

『何人見てる～？』

明るい声が、端的に問いかけてきた。

「…………」

オレはなんとなく、言われた言葉の意味を察して、視聴者数の欄を見やった。四十人前後の視聴者が、ぽつぽつと増えたり減ったりしながら、雑なコメントを残していく。

『人のこと見る時って許可取らないとダメですよねぇ?』

「えっと、許可……」

『まあ許可取ってもダメなんですけどねー』

あっさりと言い放って、朗らかな声は、朗らかなままに、突き放すかのように笑った。『お化けに常識説かれてんじゃん笑』というコメントが、視界の端を掠めて、瞬間的に苛立ちが勝る。

そりゃ確かに面倒がって許可なんて取らなかったけど。自分が住んでるマンションを撮影しているだけなんだから別に良いだろ。相手は生きている人間でもないんだし、もはや肖像権だのなんだのだって関係ない。オレは金だって払ってんだから。

『悪いことしたんだから謝ってくださいねー、そしたら大丈夫ですよ』

は?と、はい?の合間みたいな声が口から漏れたのが分かった。

ついでに、苛立ちも含んでいるのも、十分に自覚出来ていた。

別に、謝ることくらい何でもない。でも謝ったとしても面白くはならない。

視聴者からは面白がられるかもしれないが、それはオレの望む方向の面白さではなかった。

「謝らなかったらどうなるんですか？」

『…………』

思わず尋ねたオレの声には、小馬鹿にしたような笑い声が返ってくるだけだった。しばらくの間、くすくすと笑い合う幾人かの声が響いて、それから、嘲笑を残したままの声がゆっくりと諭すように言った。

『あー、じゃあもう謝らなくて良いですよ』

それだけ残して、声はぶつりと切れてしまった。しん、と静まり返った廊下に、エレベーターの稼働する音だけが響いている。

全身に嫌な汗を掻(か)いていた。今すぐ此処(ここ)を離れた方がいいと分かっていた。逃げなかったらヤバいってことも。でも、オレの手にはスマホがあった。正確に言えばスマホをつけた自撮り棒だけど。とにかく。この先に踏み込む勇気さえあれば絶対にバズれるのだ。

ふと見ると、視聴者数が百人を超えていた。

迷う必要なんてない。オレはスマホを構えたまま、扉を開けた。

マネキンがいた。

真っ暗な玄関には、エプロンを着たマネキンが立っていた。オレンジ色の花柄のエプロンの下に、普通の白Tシャツとデニムスカートを身につけている。

マネキンなので顔はない。その代わりに、マジックで大きく、女の人の名前が書かれていた。書かれた上で、上からぐちゃぐちゃに塗り潰されていた。

「おじゃましまーす」

誰の声だろう、と初めに思った。オレの口から出ていたのに。

明るくて朗らかで、はっきりとした声質だった。スマホを落としたことに気づいた時には、俺の背には扉があった。

かちゃん、と鍵が掛かる音がする。見ると、オレの手が締めていた。

マネキンは変わらず立っていた。よく洋服屋に置いてあるような、少しだけ手首を浮かしたような小洒落（こじゃれ）た立ち姿で、微動だにせず立っていた。

どうしてこんなにもはっきりと見えるのだろう。真っ暗なのに。

そう思ってから、すぐに気づいた。見えている訳じゃなく、分かっているだけだ。目を閉じても想像の中を歩くことは出来るように、夢の光景を認識するように、オレは目の前にマネキンが立っていることを理解している。

目の前にフォークが置かれていることを理解している。

何をしなければならないのかも理解している。

謝れないなら、それと同等の謝罪をしなければならない。そういうことだ。

「よかったですねー、ちゃんとわかって」

オレの口から、オレではない私の声がする。フォークが近づいている。わかっている。分かっている。

分かっている。帰ればよかったんだ。動画なんて辞めて、バカにされたってネット怪談だけ続けていればよかった。

別に全く反応がなくなった訳じゃない。ずっと楽しんでくれていた人は今でも反応をくれていたし、それだってSNSを始めたばかりの頃に比べれば夢のような量だった。

それで満足しておけばよかったんですけどね。でも。だって。駄目だったんだ。駄目だったから、じゃあ、仕方ないですよね。そんなに見られたいものですかねえ。見られるのって嫌じゃないですか。他人に見られたくないじゃないですか。でも他人っているから仕方がないんですよね。全部が私になれば良いだけなんですけどねー。全部が私になったら私なんだから問題がないんですけど、でも私ってほら、鏡とかも見るの嫌いじゃないですかー。

明るいと見えちゃうじゃないですかー。

困っちゃいますよねー。

ね。

ちゃんと全部が私になったので何も問題はありません。私です。ところであなたは見ていますか？

今日は素敵な誕生日

「これは守ってほしい約束の内の、特に重要な一つなんだけれど、七〇一号室の住人には誕生日は教えないでね」

半年前。注意事項の記載された用紙を差し示しながら、神藤(カンドウ)さんは俺にそう伝えた。

本名と誕生日が揃(そろ)うとあんまりよろしくないことになるそうだ。詳細な説明はなかった。

具体性のなさの割に重要事項となっているあたり、恐らくは過去に起きた事例に基づいた注意なのだろう。聞く限りでは、説明をしている当の神藤さん自身も詳しくは知らないようだった。

あの頃の俺は『隣に住んでいる友人』について言葉で説明されただけだし、その脅威を一欠片(ひとかけら)も理解出来ていなかったが、それでも一も二もなく頷(うなず)いた。

了承しなければ住む場所もなかった訳だし、『誕生日を教えない』なんて、どんな子供でも守れるくらいには簡単なことだったからだ。

そうして半年。

これまで何事もなく――などとは到底言えないが、少なくとも穏便に――過ごしてきた俺が今になってそんな記憶を辿っているのは、

「タカヒロ、誕生日お祝いする?」

二月末の曇り空の下、今まさに隣からピンポイントな問いが飛んできているからだ。

「…………」

マグカップを見下ろす。他に視線をやれそうなものがあんまりなかったからだ。

既に冷めている筈のそれに息を吹きかけながら、俺はわざとらしいまでに聞き逃したフリを始めた。聞こえなかったフリを続けていたら、気を使って『なかったこと』にしてくれないかな、と思ったのである。

そもそもが、隣人は語りもしていないハヤトやその祖母についてすら知っているのだ。わざわざ隠すことに何の意味があるのかという気分にすらなるが、要するに、『教えない』という行為自体が重要なのである。よって、一番の自衛は会話自体を始めないこと、となる。

「…………」

ただまあ、下手にぶつ切りにすると別の問題が生じる場合もあるのが難しいところだ。

このあと雨降りそうだよな、と会話デッキにおける天気カードを切ろうとしたところで、隣人はなんとも軽い調子で固有名詞を付け足した。

「すみえゆなの」

「え？　ああ、澄江由奈の……、……澄江由奈の？」

「三月三日が誕生日だよ。めでたいね」

そうか。初耳だな。確かにめでたい。めでたすぎると言ってもいいほどだ。

スマホで日付を確認すると、ちょうど五日後が誕生日だった。あの部屋がああなってからは五年が経つらしいが、一体何歳ということになるのだろう。

ところで、つまりは澄江由奈は誕生日と本名を知られていることになるのだが、この場合は問題はないのだろうか。幽霊だから適応外なのかもしれない。もしくは、誕生日を教えたから態度が軟化した、という可能性が、隣人と澄江由奈の関係性においては存在する。

「…………」

「誕生日お祝いする？」

「いやあ……特にそういう予定はないが……」

そこまで行くと、ご近所付き合いとしてはかなり親密な方ではないだろうか。俺は、俺と澄江由奈がそこまでの関係だと思ったことはない。たとえ『お母さん』の授受が発生した相手だとしてもだ。

「誕生日お祝いする?」

「…………」

三度目の復唱まで来て、俺はようやく理解した。

これは確認ではない。声音こそは笑い混じりだが、いや、心底面白がってはいるのだろうが、少なくともイエスかノーを聞いている訳ではない。

簡単に補足するのなら、『誕生日(どんな風に)お祝いする?』が文言の形として正しい訳だ。お祝いをすることは既に確定事項であり、避けようのない予定に組み込まれている。

「……お前は何か祝ってやったのか?」

「うん。もうあげた」

「そうか」

あげた、という三音だけが、妙に歪(いびつ)に響いていたが、俺は素知らぬフリで会話を続けた。

「趣味とか分からないからな。とりあえず本人に聞いてみるよ」

「そうだね。それがいいね」

受け入れる姿勢を見せると、隣人はあっさりと納得したように頷いた。どうやら満足したらしい。管状の器官の先についた目玉は機嫌よく笑み(これを笑顔と定義するべきか、俺には判別が出来ない）を浮かべて、「おめでとうって言っておいてね。生まれてきたのはとっても嬉しいことだからね」と言い残していった。

さて。そういう訳で、本人（？）の希望を聞くことになった。

便箋に用件をしたため、バイトに向かうついでに七〇五号室の郵便受けへと突っ込んだところ、帰ってくる頃には返事が戻ってきた。

『どうぶつえんにいちたいです』

極めて迅速なお返事である。Ａ４用紙いっぱいにデカデカと力強く書かれていたので、相当行きたいと見えた。確かに、動物園と水族館は幾ら行ってもいいものである。

ただこの場合問題なのは、澄江由奈に外出が可能か否か、という点だ。

俺の困惑は、その晩に自室の郵便受けに捻じ込まれたもう一枚のＡ４用紙によって払拭された。嘘だ。別の困惑が生じた。

『おくびだけでれます　おでかけします　ありがとうございます』

おくびだけ。

お首だけ。

「…………………」

夜中に突然の物音で起き上がった俺は、玄関の灯りの下で紙面を眺めながら立ち尽くすことになった。

そうなんだ。お首だけは出れるんだ。なるほどな。

つまり。

俺はお首と一緒にお出かけをするということだろうか。

なるほどな。

「………剥き出しは流石に勘弁願いたいな……」

十分ほど考えた結果、眠気の残る頭が出した結論はそれだった。

＊＊＊

三月三日は晴れだった。日差しがある割には気温はちょうど良く、絶好のお出かけ日和である。雨も降らないとの予報で、遠出をするにもぴったりだった。

そんな素敵な日に、俺はお首を新品のリュックサックに入れ、いちばん近い動物園に来ている。

今回は動物園の展示がどうこうというよりは、マンションからも乗り継ぎがしやすいというのが選んだ理由だ。

了承してくれて良かった。もしもどうしても旭山動物園が良いです、だとか言われたら俺は澄江由奈と一緒に北海道まで旅行しなければならなくなるところだった。生首と旅する男にはなりたくない。

不安が挙動に出ているせいで持ち物検査でもされたらどうしようかと割と真剣に悩んでいたのだが、特に何事もなく無事に入園することが出来た。されたところで見えないのだから、ビビる必要はないのだが。

正門を抜けてからパンフレットを手に取り、広げて確認をする。園内は西と東に分かれていて、東側を回ってから西側に向かえば、別の出口に出られる形だ。

せっかく来たのだから、見落としがないように回るのが一番いいだろう。

澄江由奈としては兎が一番に見たいようだったが、展示は正門とは異なる出口に近い。ルートとしては回り終わった後に立ち寄るのが無難だ。

パンフレットを片手に、鹿の展示の前までやってきた俺は、胸側に抱えたリュックのジッパーを開けた。

このリュックは今日のために新しく購入したもので、分類としてはペット用のキャリーバッグである。

一番外側のカバーを下ろすとメッシュ生地越しに中身が見える仕様になっているのだ。

小型犬が座った状態で入るとちょうど顔が見える程度の深さであり、俺は底にタオルを敷き詰めることによって、お首の高さを調節した。

つまり。一番外側のカバーを開けると、澄江由奈の生首と対面することが出来る。別にしたくはないが。出来る。この通り、メッシュの向こうの薄暗がりから覗(のぞ)いてくる瞳孔の開いた瞳とばっちり目を合わせることが出来る。

三秒後、俺は静かに空を見上げた。快晴だ。これ以上ないほど晴れやかに澄み切っている。時折流れる雲が太陽にかかっては、広い園内に影を作っていた。良い天気だった。本当に。

「……よし、行くか」

腹側にリュックを抱え直した俺は、展示されている動物だけに視線を向けつつ、澄江由奈にも動物たちが見えるように配慮しながら順路を巡っていった。

東側を回り終わる頃には、何だかんだと昼飯時になっていた。東側の休憩所にてけんちんうどんを注文する。

平日で来園者も少なく、席も余りがちだったので遠慮なくリュックの分も席を取ることにした。メッシュ生地の側を、ガラス張りの壁が見えるよう外に向けておく。

この休憩所からは、外にある動物の展示が見えるのだ。飯の間待たせてしまう分、景色を眺められた方がいいだろう。

念のため確認してみたが、青白い顔には薄(うっす)らと笑みが浮かんでいて、非常に満足げな様子である。楽しんでいただけているようで何よりだ。

開けっぴろげにしていたところで、どうせ誰にも見えないのだから何の問題もない。

そんな風に思いながら食べ終えて、せっかくだからパンダも見に行くか、と思ったところで。

「ひっ……………」

俺は斜め前に座っている、黒髪の少女と目が合った。

中学生くらいの私服の少女だ。淡い色合いのデニムのワンピースに細いベルトの肩掛けカバンを提げていて、白色のキャップを被(かぶ)っている。

そんな女の子が、ポテトを一本、片手に持ったまま、此方(こちら)を見つめていた。

より正確に言うなら、俺の隣に立ててあるリュックサックを凝視していた。

「……………」

「……………」

目を合わせる前だったら、素知らぬ顔をして立ち去れたかもしれない。

けれども少女は既に俺が何を持っているのかに気づいてしまっているし、俺も気づかれたことに気づいてしまった。

澄江由奈の姿を見ることが出来るのは、彼女の名前——つまるところは存在を知っている者である。

俺のリュックに収まった生首を認識したということは、彼女は『澄江由奈』を知っている人間だということだ。あるいは、伊乃平(イノヒラ)さん並に強い霊感でも持っているか。

何にせよ、黙って立ち去るにはあまりにも躊躇(ためら)いの生じる状況だった。故に、俺は平静を装ってうどんを食し終えた後、そっと彼女に向かって頭を下げた。

石像のように固まっていた少女は、俺が極力刺激しないよう、無造作に置かれた観葉植物の如(ごと)き安穏を醸し出そうと努めて座り続けていることに気づくと、やがて、そっと疑問を口にした。

「あの……それ、人形……？」

「いや」

「…………人……？」

「そう、いやそうではないんだが、人だったものと言えばそうかもしれないというような……」

「死」

「体ではなくて。幽霊。どちらかと言うと」

口早に、迅速に不審者である疑惑を払拭しようとした俺に、少女はしばらく迷った後、困ったようにドリンクに口をつけた。

伏し目がちな瞳が左右に何度か逸（そ）れて、やがてゆっくりと戻ってくる。

「ごめんなさい。あの、ええと、知ってる子に似てて」

「澄江由奈？」

簡潔かつ端的に尋ねたのは、そうでもしないと、ちょっと口に出すのに勇気が必要だったからだ。

潜めた声を正しく聞き取った少女は、軽く息を呑（の）むと、自身の戸惑いそのものを隠すように俯（うつむ）いてから、おずおずと頷（うなず）いた。


少女は綾原（アヤハラ）ゆめと名乗った。澄江由奈の二つ下で、同じ小学校に通っていたそうだ。家が近いことと、縦割りの交流班で親しくなったのだとか。

昼食を終えた俺たちは、なんとなく連れ立ってカバの前まで向かっている。綾原さんは道すがら、自分と澄江由奈の付き合いについて語ってくれた。

「私は二年生の終わりに進学の関係で引っ越したんですけど、由奈ちゃんとはたまに手紙のやり取りはしていて……」

しばらくした頃に返事が来なくなり、心配して母親に尋ねたところ、向こうの家も引っ越したんじゃないかと言われたそうだ。落ち着いたら連絡が来るよ、という言葉を信じて待って、気づけば五年が経っていた。

小学生の時の付き合いだ、時折仲が良かった頃を思い出すだけだったのだが、父親の転勤でもう一度此方に戻ってきて、懐かしくなって友達が好きだった動物園に来て——そうして今日、たまたま旧友の生首と再会した、という訳だった。

説明を終えた綾原さんは、呑気にしているカバを見つめたまま、少し不恰好な笑みを浮かべて、躊躇いがちに問いを口にした。

「……あの、聞かないんですか？　なんでこんな時間に此処にいるのか、とか」

「いや、まあ、話したいなら聞くけれど。話したくなさそうだったから」

平日の昼間である。中学生ならば当然、学校がある筈だ。開校記念日だの振替休日だのといった理由はあるだろうが、そのたった一日でピンポイントに昔の知り合いに再会する、なんてことは可能性として非常に少ない。

俺の予想が正しいなら、綾原さんは少なくともここしばらくは継続的に動物園に来ている筈だ。平日の昼間を選んで。つまりは、学校に行かないことを選んで。

問いの意味成すところは容易に予想がついたが、上手い返し方が見つからなかったので、俺は極めて素直に答えるに留めた。

ただ、ある意味では突き放したような物言いになってしまった。様子を窺うように視線を向けると、ちょうど、困ったように笑った綾原さんと目が合った。

「よくある話です。虐められてる子を庇ったら私がターゲットになっちゃって。庇った子も一緒になって。それだけです。仕方ないですよね。みんなとは、付き合いだって短いんだし」

随分と平坦な響きだった。決められた文言をそのまま読み上げているような。ずっと繰り返してきたのだろうことと、その上で納得が出来ていないのだと伝わってくる音の連なりだった。

俺の答えを待つことなく、綾原さんは続けた。

「家の都合で振り回してるから……って、お母さんもお父さんも何も言わないんです。上手くやれない私が悪いんだって分かってるんですけど。でも、どうしても、どうして私がこんな目に遭わなきゃならないんだろうって思ってしまって」

辛いんです、と呟いた声は、ほとんど掠れて音になっていなかった。俯いた綾原さんが、そっと目元を拭う。

初対面の中学生からされるには少々重たい相談だと言えたが、見知らぬ人間相手だからこそ言いやすい気持ちも理解出来なくはなかった。

というより、この場合は俺ではなく、澄江由奈に聞いてもらいたくて話したのかもしれない。

「由奈ちゃんに会えて良かったです。どうしてるんだろうってずっと思ってたから。その、しん、死んじゃってるとは思わなかったけど、でも、…………」

最後の方の呟きは、吐息に紛れるばかりで上手く聞き取れなかった。聞き逃してはならないような文言だったような気もして、確かめるために尋ねようとしたところで、綾原さんは勢いをつけて顔を上げる。笑顔だった。

「それに私、どうせまた五月からは別の学校に通うんです。あとちょっとしか付き合いのない人たちだし、わざわざ顔を合わせてあげるだけ馬鹿らしいって思うことにします！」

上滑りするような明るい声が、言葉を続ける。

「まあ、あの人たちにも本当は少しくらいは痛い目見てほしいんですけどね！　なんて、どうせそんなこと起こりようもないんですけどっ」

誤魔化し笑いを浮かべた綾原さんの空元気としか思えない言葉に、不意に、くぐもった問いが重なった。

「名前は？」

俺と綾原さんは、揃ってリュックを見下ろしていた。

間違いなく、声はその中から響いたためである。

ちなみに、澄江由奈のものではなかった。

「名前」

錆びついて軋んだ声が、端的に繰り返す。それが、何を望んで発せられたものかは、さほど考えるまでもなく理解出来た。

きっと、綾原さんも『誰』の名前を聞かれているのかは察しただろう。そして、それを答えてはならないことも、更に言えばそもそも関わってはならないものであることも、きっと本能的に悟っている。

綾原さんはほぼ反射的に、口元を手のひらで覆っていた。驚きからの仕草にしては、かなり強く。

「なまえ」

千切れたような音の連なりがもう一度繰り返して、それきり、リュックからは物音の一つもしなくなった。

「…………………」

「…………………」

沈黙が落ちる。カバが陸地に上がって、それからもう一度水場に沈むのが音で分かるまでの間、俺たちは二人揃って身じろぎもしなかった。

今しがた響いたのは、澄江由奈の声ではなかった。かといって、聞き慣れた隣人の声でもなかったのだ。では何か、と聞かれれば、答えようがないので素直に困る。

このリュック、置いて帰ったら駄目だろうか、という思いが、割と真剣に胸の内に浮かんでいた。澄江由奈の首を運ぶ覚悟ならしていたが、得体の知れない何かを連れ歩くのは勘弁願いたいのだ。

ただ、メッシュ生地越しの生首は、少なくとも俺の目から見れば確かに澄江由奈の姿をしていた。同意を求めるように綾原さんに視線を向ければ、彼女は躊躇うように目を逸らした後に、小さく頷いた。

綾原さんにも、これは澄江由奈に見えるらしい。まあ、だとしたらやっぱり、連れて帰らないと駄目だろうな。

ある種の疲弊が滲む溜息を零した俺に、綾原さんはようやく緊張が解けたように肩の力を抜いた。手のひらを下ろした綾原さんが、幾度か瞬きをしてから俺を見上げる。

「あの、…………」

けれども、何某か言いかけた綾原さんは、次に続けるべき言葉を失ったように、半端に開いた唇をそっと閉じた。そのまま、引き結ばれた唇は作ったような笑みの形に変わる。

曖昧な笑みを浮かべる彼女が言葉を見つけられずに、あるいは不用意な言葉を発さないようにしている内に、俺はそれとない仕草で、リュックの一番外側のカバーを上げた。

前に抱えていたリュックを背中側に背負い直しながら、取り繕うためだけの笑みを浮かべる。

「綾原さんの言う通り、嫌な思いをさせてくる人に無理に付き合う必要なんてないよ。幸い綾原さんには味方になってくれる家族もいるんだし、思う存分、御両親を頼るべきだと思う。新しい学校では、楽しく過ごせるといいね」

これでこの話は終い(しまい)だと告げるように力を込めて、同時に出来る限りの励ましも込めて言葉を紡ぐと、綾原さんは少し戸惑った様子だったが、しっかりと頷いてくれた。素直で察しの良い子である。

その後、何度か礼を口にする綾原さんと別れた俺は、極めて迅速に西側を回り、きっちり兎(うさぎ)を見てから帰宅した。

翌日。俺の部屋の郵便受けには、何枚もの用紙が押し込まれていた。

『ありがとうございます　ゆめちゃんとあそべて　たのしかったです

うさぎも　ありがとうございます　とってもかわいかったです　ぱんだもごりらもかわい

いです　ありがとうございます
ありがとうございます　ありがとうございます　ありがとうございますありがとうござい
ます』

感謝の気持ちが全面に綴られていた。余程嬉しかったようで何よりである。

ちなみに裏面にもびっしりとお礼が書かれている。ありがとうございます。感謝の言葉って密集してると怖いんだな、と思った。

あるいは、その御礼の連なりが怯えから来るものだからこそ、恐ろしく感じるのかもしれない。

あの時、綾原さんが名前を口にしていたらどうなっていたのだろう。考えたところで答えが出ることはない。

とりあえず、『誕生日おめでとう』という手紙と共に、購入しておいたお土産を郵便受けに入れておいた。

本書は、カクヨムに掲載された『入居条件：隣に住んでる友人と必ず仲良くしてください』を加筆修正したものです。

内容はフィクションであり、実在の人物、団体などには一切関係ありません。

装画　ギギギガガガ

装丁　bookwall

寝舟はやせ

『入居条件：隣に住んでる友人と必ず仲良くしてください』をカクヨムなどweb上で連載。web版に加筆修正した本作でデビュー。

入居条件：隣に住んでる友人と必ず仲良くしてください

著　者　寝舟はやせ
装　画　ギギギガガガ

2024年10月7日　初版発行
2025年7月15日　9版発行

発行者　山下直久
発　行　株式会社KADOKAWA
〒102-8177 東京都千代田区富士見2-13-3
電話　0570-002-301（ナビダイヤル）
印刷・製本　株式会社DNP出版プロダクツ
デザイン・装丁　bookwall

定価はカバーに表示してあります。

ISBN 978-4-04-075600-4 C0093